U0164225

Deep in my heart

悠悠我心
——念人憶舊

王璞　著

匯智出版

責任編輯：羅國洪
裝幀設計：胡　敏

書　　名：悠悠我心——念人憶舊
作　　者：王璞
出　　版：匯智出版有限公司
香港九龍尖沙咀赫德道 2A 首邦行 803 室
電話：2390 0605　　傳真：2142 3161
網址：http://www.ip.com.hk
發　　行：香港聯合書刊物流有限公司
香港新界荃灣德士古道 220-248 號荃灣工業中心 16 樓
電話：2150 2100　　傳真：2407 3062
印　　刷：陽光（彩美）印刷有限公司
版　　次：2020 年 12 月初版

國際書號：978-988-74437-9-7

目錄

自序：幸運生涯

澳洲打工作家費希將自己顛沛流離苦難重重的一生說成是「幸運生涯」。我的一生也可以這樣形容，特別是在結識良師益友方面。

近來有場名之曰 Metoo 的運動，許多女性出來指證她們被男性性騷擾，其中不乏其師友。我看了，愕然之後是慶幸：我是多麼幸運！在我艱難跋涉的人生路上，遇到了那麼多扶持者指導者，其中大多是男性。單獨約談、飲茶飲酒、喝咖啡之類的事亦是有過的，他們卻個個循規蹈矩以禮相待。一生中雖然不能自詡「談笑有鴻儒，往來無白丁」，至少可以說是「談笑有君子，往來皆好人」了。

由此便想到要把這幸運生涯的點滴記錄，結集出版。悠悠我心，心念舊恩。世界上助人為樂的好人還是大有人在的。

以下對目錄的編排作幾點說明。

一、前十五篇基本上按年齡排位。但因我對諸師友之生辰年月記憶並非準確，只能說「基本上」。

二、前十五篇所記者，與我至少在文字上有過往還，惟第十六篇所記之查良錚先生，只是私心仰慕，並無緣親炙其教。而且此篇並非回憶，乃是評說文字，不合本書主旨。但因我於此篇用功殊深，求諸同好之心亦殊切，故列為壓卷之作。

鐵獅子胡同三號

鐵獅子胡同三號如今已經不存在了，改成了張自忠路五號。網上關於這地方的介紹如下：

> 張自忠路 5 號，舊時的門牌是鐵獅子胡同 3 號，後曾改為地安門東大街 5 號，在張自忠路東段路北，坐北朝南，是一座中西合璧的宅院。解放前，為一所私人醫院，名「時子和醫院」，現為中央戲劇學院宿舍。
>
> 院內主體建築是一組建在基座上的磚石結構的正方形西式平房，頂為四坡，前有一間由四根西式圓柱支撐的門廊，門廊前有五步台階。主體建築東側有兩排北房，南邊的北房三間，前廊

後廈；北邊的五間北房，只帶前廊。主體建築北面是五間帶廊的北房，西北部有前廊後廈北房三間，帶一間東耳房和兩間西耳房。歐陽予倩於1949年11月入住此院，直至1962年辭世。當年，他住在院子的北部，「房子十三間，為中式建築」。

1986年，東城區人民政府將其作為「歐陽予倩故居」公佈為文物保護單位。

1960年母親帶我們從大興安嶺奔長沙，路過北京，住過的那間房子是東耳房還是西耳房呢？

北京是去長沙的必經之地，我們得在這兒轉車；此外，大概母親仍抱着遷回北京的一線希望，想再去找人想想辦法吧，她決定要在北京停留幾天。

叔叔家是住不得了，叔叔也被打成右派，一家人已被流放寧夏，他家那座小院已被賣掉。姑媽家也住不得，因姑爹也被打成右派，本來住着的四間房變成了兩間。擠住了他一家三代五口。母親只好給她二嫂的姑爹姑媽歐陽予倩和劉潤秋二老寫了封信，探問能否讓我們在他家借住幾天。很快就得到他們的回信，說歡迎我們去。

姑外公歐陽予倩與我家雖然只是遠親，但1948至1949年姑外公在香港拍電影時期，父親兼職作姑外公所在的大光明電影公司宣傳部主任，與他來往較多。父親崇敬姑外公的才學人品，姑外公也喜歡父親的敬業樂業忠厚老實。四九年大陸一變色，一向思想左傾的姑外公立即回了北京。父親1950年接到時任《人民日報》社長的范長江邀請回國工作的信之後，寫信給姑外公徵求他的意見，時任中央戲劇學院院長的姑外公回信力勸他接受邀請。不料父親回國後不到一年便遇上鎮反運動，一夜之間，他人間蒸發。母親四處尋人未果之後，想到姑外公在新政權裏大小有個職位，便跑到他家求助。

母親後來不止一次對我們講起她去姑外公

家求助的經過。她說，姑外公聽她說明了情況之後，起先不相信竟然會有這樣的事情發生：

「人去上班突然不見了？你到處都找過了？機關裏也去過了？他們怎麼說？」他反覆問母親這些問題。

「他們都說不知道。」母親道。

後來他終於半信半疑地拿起電話，打過幾通電話之後，他的臉色從疑惑漸漸轉為凝重，告訴母親：人現在在公安部。是特嫌問題。

母親大驚，立即道：「不可能！他總是說搞新聞要不群不黨，絕對不可能作國民黨的特務。」

「共產黨是不會冤枉一個好人的。」姑外公說。

1954年，父親在公安部關了三年給放了回來，回到原單位工作。

原單位名叫中國人民保衛世界和平大會（現為對外友協），簡稱和大。他們被通知去公安部接人。和大倒是派了輛小車把他接了回來，但他被消失時領導曾開機關大會宣佈他是特務，現在放回來了卻沒也開個會宣佈他不是特務，只讓他坐回原辦公室上班，也絕口不提補發那三年工資的事。

好在親朋戚友都相信他不是特務，從鄰居到親友，大家都歡慶他的歸來，見了面都是一句話：回來就好，回來就好。就連此事最大的受害者母親，也半是開解、半是自我安慰地對父親道：「算了，留得青山在，不怕沒柴燒。」

家中客人開始多了起來，一些失聯的親友又跟我們恢復往來。那年過年，我們驚喜地看見一輛小轎車停在了我們的大門口，接着，一位白髮皤然的老者，在一位慈眉善目的老太太的攙扶下走進了院子。啊！是姑外公親自上門來看我們了！

我不知道姑外公跟我父母談了些甚麼，父母是否向他感謝了他在父親失蹤時給予的幫助？他是否跟他們談到了他對父親這一事件的看法？不過，有一點是肯定的，母親肯定沒有當面跟他提到他當年的那句話：共產黨是不會冤枉一個好人的。

「可你爸爸不是冤枉關了三年嗎？」母親後來私下裏對我們說過，「還不肯告訴我們人關在哪裏，把我們一家人置於死地。要不是你祁姑姑救助，我們這家人只怕早沒了。你姑外公真是太書生氣了。」

反右運動時，父親因響應大鳴大放號召說出了我家在那三年中的遭遇而被打成極右分子，母親的抱怨更變成了：

「冤枉了人家還設陷阱打人家右派，你姑外公要是知道了，更加不會相信了。」

我父母一直對姑外公隱瞞了父親被打成右派這件事。我想，不管是出於對老人的敬重，還是出於對當局的恐懼，他們都不會對姑外公提到他當年說過的那句話的。

不過，從姑外公那方面來講，他卻以他的行動表明了他的態度。從父親 1954 年回來的那年開始，到 1958 年我們一家被流放大興安嶺，每年的大年初二，姑外公都會上我家來走一遭。他那樣一個大人物，談笑有鴻儒，往來無白丁，過年會有多少應酬呀！但他居然每年親自上門給一個遠房晚輩親戚拜年。那時他早已不良於行。一輛小轎車把他送到和大宿舍大院門口，他總是在大門外下車，然後由姑外婆和司機一邊一個地攙扶着，穿過大院，一步一挪走到位於大院深處的我家。

兩位老人在眾目睽睽之下，頂着寒風霜凍緩緩向着我家走來的情景，刻在了我的記憶深處，至今歷歷如在眼前。

那年頭在北京坐小轎車的人物都不是一般人，而姑外公更是跟如今的影視明星似的，當時是家喻戶曉的人物，跟梅蘭芳一起號稱「南歐北梅」。小車在大院門口一停，鄰居們都跑出來一睹他的風采，父親和母親之激動自不必說，我們孩子更是雀躍，因為姑外婆一進門就會給我們每個孩子派個紅包，裏面裝着整整一元錢。當年對我們來說，那可是一筆巨款。

我們離開北京去大興安嶺時，父親去跟姑外

公告別，回來後母親問他：「姑爹說了甚麼？懷疑你是右派了嗎？」

「沒有。他只是說：好自為之。」

1962年，父親第一次獲准從大興安嶺回長沙探親，經過北京時，他去看望了姑外公。那時姑外公已經住在醫院裏。父親說，他進去時屋子裏有個人，看樣子好像是安保人員。那人在時，姑外公幾乎一言不發；直到那人出去辦甚麼事了，他才拿出兩本書來，簽了名題了字送給父親，說了幾句話。大意是我這輩子的經歷都寫在這裏了，你拿回去看看。那兩本書是《自我演戲以來》和《回憶春柳劇社》，我們一直保存到文革後，成了我讀得最熟的書。

「姑爹的身體看上去倒還可以，」父親道，「但話很少了。最奇怪的是，他一句也不問我的境況，好像甚麼都知道了似的。」

「那你乾脆把你的事告訴他，看他甚麼看法。」

「那不行，那不是讓他為難嗎？你叫他怎麼

說？同情我？那豈不是害他？太慶（我叔叔王太慶）不就是因為同情右派自己也變成了右派。罵我？那就不是他了。我猜他心裏其實甚麼都明白了，他那麼智慧的一個人，能不明白？不過我看得出來，我去看他他是很高興的，雖然話少，卻一直留我坐。我告辭時還一定要起身把我送出病房。」

父親向來有報喜不報憂的毛病，而且這麼多年過去了，我的記憶也有可能出現偏差。但是 1960 年春天，我們回長沙路過北京、借住在姑外公家的情景，卻是我親身經歷、至今記憶猶新的，因為那是我生平第一次住進那麼高級的房子，受到那麼熱情周到的招待。

一輛三輪車把我們拉到那個大紅門，姑外婆親自站在大門口迎着我們，一見我們她就忙讓站她身邊的一位保姆幫我們提行李，自己興沖沖領着我們進屋，喜笑顏開的神氣，好像來者不是上門求助的落難親戚，而是貴客。

姑外婆領着我們一直走到正屋，走進姑外

公書房。那是位於大屋左偏廂的一間屋子，有着中式木雕窗欞和紅木門檻，我們進屋時，姑外公正拄着手杖，站在屋子中間迎着我們。三年過去了，我驚覺他一點也沒變，仍是聖誕老人般的一派慈祥，臉上仍是那一副平和寧靜的笑容，仍是彎下腰慎重其事地握握我們每個孩子的手。我驚訝於那隻手的柔軟，驚訝於眼前這位老人的儒雅，他似乎有一種將四周的空氣都變得儒雅的本領，甚至他那根手杖，也好像成了這儒雅的一部分，以至好多年裏，我對拄手杖的人物都肅然起敬。

姑外婆親自照料我們的起居。那年她已經七十多歲了吧？家裏有保姆、司機和晚輩，但她事必躬親。早上起床我第一個看到的人是她，夜裏躺到床上最後一個看到的人也是她。

至今我還記得姑外婆牽着我的手把我領進那間燈光幽靜的小屋的情景，兩張小床已經鋪好了。她安排我們躺下來。給我們蓋好被子。我問她：「我媽呢？」「你媽太累了，」姑外婆掖掖我的被子道，「我讓她睡到另外一間房子裏了。你是好孩子，你會自己睡，對吧？」我點點頭躺下來了。這是我第一次看不見母親就睡了。我沒哭。我安靜地看着姑外婆輕輕關上房門，燭光漸漸遠去，像是這些年包圍着我們的冰雪風霜也隨之遠去了，許多天來我第一次安心地閉上眼睛，進入夢鄉。

我也記得那個熱鬧的大院，一群孩子正在那裏遊戲，姑外婆牽着我們走到其中一個女孩面前，叫着她的乳名對她說：「這是來咱們家作客的表姐妹，你介紹她們跟大家認識，領她們跟你們一起玩。好不好？」

即使是對孩子，她說話也是這種商討的口氣，臉上也是這副溫暖的微笑。她跟女孩依次介紹我們的名字、學名和乳名，一個也沒叫錯，好像我們早就是她的家人。

女孩認真地點着頭，她長得很像她外婆，清秀、端莊，一臉福相。她友好地招呼我們：「會跳猴皮筋嗎？來，一起跳！」

我還記得堂屋前高高的台階，台階下面的青磚小徑，以及小徑兩旁的草地，大家在草地上笑呀跳呀。突然，有個漂亮得像精靈的女孩在院門口出現，神態卻是公主般倨傲，她下巴頦朝我們一點問小表妹：「這都誰呀？」

小表妹把我姐姐的手一拉道：「別理她，她就這樣。」

小表妹年紀比我小兩歲，個子卻跟我姐姐一般高，她倆很快交上了朋友。在這快樂女孩的帶領下，我們在這座大房子裏穿來跑去。「為甚麼你們要去那麼遠的地方？」她問，「你們就在這裏住下來好不好？」

她好天真！我心裏想。

我也記得那隻碩大無朋的藍色搪瓷缸，裏面裝滿了饅頭、花卷和發糕，都是用真正的麵粉作的。在過年才能吃上一次細糧的我們眼裏，太高級了，太珍貴了。臨行前，姑外婆將它慎重地交給姐姐，叮囑：「這個最重要。歸你負責。」母親則在一旁一疊聲道：「太多了太多了，現在糧食這麼緊張，這下把你們的細糧都吃光了。」

「莫客氣。」姑外婆說，「我們總歸還可以想想辦法，你們還要坐一天一夜的火車，一定要吃飽。」

那些乾糧到了長沙還剩下半缸，趕來看我們的二舅也得以分享，他感嘆道：「姑媽還是這樣克己待人，這一大缸東西總有七八斤吧！」

那時候我還不知道姑外公何許人也，即使是後來，我一遍又一遍地讀了父親拿回來的那兩本書，也還只大略了解了他的學問和事業。我敬佩他才氣橫溢，意志堅強，終於功成名就，但並沒有從作人的品格方面去理解他。只是到了今天，我自己也走向生命的暮年，我自己也寫作、出書，在俗世裏摸爬滾打了這麼多年，每逢回想起鐵獅子胡同往事時，我才意識到，我曾接受過那兩位老人何等的恩澤。在那些點點滴滴的瑣事裏，有一些何等貴重的東西滲入到我的血液和心靈，使我得以歷經大時代的劫難，經過了文化的浩劫，信仰的崩摧，仍能保持着反思精神和獨立人格。

時至今日，姑外公那樣的人物已成絕響。他們是風雨飄搖的中國傳統道德文明的一縷餘音。在姑外公的祖父歐陽中鵠的時代，那一傳統已是日薄西山，在強盜流氓的主流文化裏苟延殘喘，終於，被一場空前的浩劫一刀斬斷。母親後來常常感嘆，姑外公他到底祖上積得有德，保佑他 1962 年就走了。可惜姑外婆比他晚走幾年，是在文革中去世的。不過我們聽說，除了被抄了幾次家，她老人家倒也沒受甚麼罪，她是病死在自家床上的。比起他們慘死的親家田漢，比起其他死於非命的藝術家們，已是大幸。

到底是名師
——記施蟄存先生

我很少買書，因覺得大部分的書讀過就可以，不會再讀第二遍。買來放在家中固然可壯書房之威，實用意義卻不大。但這日在書店看到施蟄存先生《沙上的腳跡》，立時就買下了。第一因為真喜歡他的文章。第二因為他是我老師。

施先生也許不記得我這個學生。我卻牢牢記得他給我們上過的那堂課。雖然只有一堂，卻一直記在心裏。時間算起來應該是1986年至1987年。那時施先生已年過八十了吧？雖然還帶研究生，但不來校開課了。所以除了他自己的研究生，其他學生無緣聆教。

可是有一天，我的導師王智量教授對我們說，施蟄存先生答應給我們上一堂課，在他家裏上，順便去取他捐贈給系圖書室的外文書。

至今清晰地記得他家那黝暗破舊的樓道和寬敞明亮的房間，兩者之間反差如此之強烈，以至於上課的那兩個鐘頭裏，我一直沒完全擺脫驚異狀態。不對，事後回想，令我一直那麼驚異的，並非因為樓道和房間之間的強烈反差，而是因為施先生老邁的外貌和敏銳的思維之間的強烈反差。那年施先生已失聰有年，戴着助聽器，儼然一垂垂老者，動作遲緩，表情缺缺。可他一說起話來，就立即把我們鎮住。

那節課好像沒有固定的主題，智量師事先交代我們，是座談的形式。我們可就文學翻譯、中國古典文學、中國現代文學、西方文學對中國文學的影響等等課題向施先生提問。因他是出名的雜家，在以上這幾個領域皆卓有成就，肯定會有很多獨到見解。

結果我們才一開始提問施先生就打開了話匣子，他汪洋恣肆，滔滔不絕，時而東方，時而西方，時而蕭伯納，時而戴望舒，說是「上窮碧落下黃泉，兩處茫茫皆不見」也不為過。他一開講，剛才那個垂垂老者便不見了，他神采奕奕，談笑風生，那青春煥發的眉目令我頓時想到老照片上看到的那個三十年代的他——中國現代派文學的一員驍將。偌大一間屋子頓時被歡聲笑語充滿——發出歡聲的是我們，發出笑語的是他。

他滔滔一席談之後，有個同學發了一問。他是我們中間思維最敏銳、思想最新潮者，他的問題很直白：

「施先生，您是中國現代作家中最早的現代派，那麼，您對目前正流行的現代派小說和詩是怎麼看的。」

話音未落，施先生便拿起桌子上一本薄薄的書稿道：

「你指的是這些朦朧詩嗎？」他道，「我怎

麼看？我看不懂。這位詩人拿來他的新詩要我指教，我對他說，他們封我是中國新感覺派先驅，說我的小說難懂，沒想到你比我更新感覺，更難懂。他聽了，還是一定要我提意見。我就說，那好，那我有個要求，你把你的詩譯成英文再拿給我看如何。小伙子很認真，過了些日子，他真的請人譯了幾首拿來給我看。我一看，哈，這下懂了。中文我看不懂，英文我倒看懂了。你們猜猜是怎麼回事？」

施先生向我們發問，可沒等我們回答，他哈哈一笑，自己答了：

「很簡單，原詩中被他省略掉的關係代詞和連接詞，譯成英語時都給加上去了。加上去之後就一點也不朦朧不現代了。我就都能看懂了。不過，這就叫作現代詩嗎？我不反對現代，我不反對朦朧，可是這種朦朧其語法、意象卻無甚新意的詩就叫作現代朦朧詩嗎？我很懷疑。」

幾年以後我寫了篇小說〈知更鳥〉，同時發在內地和香港的兩家刊物上，頗得一些崇尚現代派小說的朋友讚賞，他們說我終於趕上了現代派小說的浪潮。我很高興，但也有點懷疑，因為我想起施先生關於現代詩的那席話，心裏不太踏實：我這篇小說是否跟施先生說的那種加上代詞和連接詞就不朦朧的偽朦朧詩一樣，也是一篇偽現代派小說呢？華東師大老學長古劍先生也是施先生學生，不過他是真的跟先生常有往來的入室弟子。他自告奮勇，趁去上海看望施先生之便，把這篇小說拿給施先生看了。

「你猜他怎麼評價？」古先生回來之後問我。

「讓我把它譯成英文再拿給他看？」

古先生是聽我說起過那一逸事的，所以我這一說他便笑了：

「哈哈！倒還沒有那麼挖苦，不過他說了一句話，你聽了別生氣。他說：你去問問她，知道自己到底想說甚麼嗎？」

頓時，我又看見了多年前在那間明亮的大房子裏，在我對面閃灼着的那一雙老頑童睿智的目光。

我一直覺得，從此以後我寫小說很少故弄玄虛裝神弄鬼了，跟施先生那一評說不無關係。雖然他只教過我一堂課，只看過我一篇小說，只就這篇小說說過一句話，我獲益良多，永誌不忘。

聲音自草中來
——憶辛笛

我第一次聽說辛笛的名字是在 1985 年，那時我考入上海華東師大攻讀俄國文學研究生，第一次去拜望導師王智量先生時，他跟我介紹我的其他四位同門，介紹到王聖思時有一句：「她是辛笛先生的小女兒。」

聽上去好像辛笛先生是位盡人皆知的大作家似的。之前我已經有過了不知卡夫卡何許人的尷尬，所以保持着謹慎的沉默。出了老師家就直奔圖書館，想借一本辛笛的書拜讀，結果一無所獲。原來辛笛四九年以後就不再寫作。四九年之前也只出版了兩本薄薄的詩集，《珠貝集》和《手掌集》。第一本還是跟他弟弟辛谷合出的。那兩本書師大圖書館即使收有，也被收藏到古籍善本書庫去了吧？而他與另外八位三、四十年代詩人 1981 年出版的那本合集《九葉集》，早已被借閱一空。

當然，很快我就知道了辛笛何許人也。後來又在一份雜誌上看到他幾首詩歌新作，大約是為應景而作的吧，我對之沒有甚麼特別感覺。倒是跟聖思一見如故，成了好朋友。我是個特別緊張的人，尤其是到了新環境新群體中，總是尷尬地沉默。但聖思身上有一種特別的氣質，能夠讓人一下子放鬆下來，馬上跟她傾訴心事。一年多後我到過了她家，才知道根子在哪裏。

那天是智量師領我們一幫同學去請辛笛先生談文學。雖說他另一身份是同學的爸爸，最怕見名人的我還是禁不住心中忐忑，可是一見到辛笛先生跟文綺夫人迎着我們的笑容，我的心頓時放鬆下來。這屋子裏有一種使人賓至如歸的氣氛，好像被施了魔法一樣，只要在那張古色古香的長桌子旁邊一坐，就感到自己可以無拘無束，信口開河。

不過我是直到1988年去香港定居前，才讀到《手掌集》的，上海書店1988年4月的影印版，是我去他們家辭行時，辛笛先生親自簽了名送給我的。我立刻喜歡上了這本真的只有巴掌大的薄薄小書。被語文課本上的中國新詩敗壞了胃口的我，那時已基本不讀中國新詩。可我連夜把這本書從頭讀到尾，連〈後記〉都一字不漏地讀了。最喜歡的是〈異域篇〉，特別是開篇第一首〈挽歌〉。天吶！竟然會把死亡也寫得如此如詩如畫，那些如古詩般音聲鏘然的詩句，自然而然就留駐在心裏了。

到香港後跟新結識的文友們談起，誰知他們對辛笛的詩個個比我還要熟悉。情況竟有點像秘密會社組織成員在以暗號接頭似的，只要你背出〈再見藍馬店〉或是〈生涯〉、或是《手掌集》裏任一首詩的詩句，大家就認了是自己人。他們告訴我，港台整整一代詩人都是辛笛的鐵粉，包括其中最有成就的幾位。大家都把《手掌集》奉為經典，文學發燒友們幾乎人手一本，好多還都是手抄本，因為八十年代以前這本書在港台也絕了版。

「你不是喜歡瘂弦的詩嗎？」一位新朋友告訴我，「他也是看《手掌集》手抄本起步的。他還是最早寫文章推介辛笛的台灣詩人。」

「對，那本手抄本還是借了我老師的，被弄丟丟了，心痛了好久呢。」

說這話的是香港詩人也斯，他老師就是台灣詩人葉維廉。也斯在葉維廉指導下完成的博士論文，就是研究辛笛詩的。談起辛笛的詩他自然滔滔不絕。還說起他在加州大學讀博期間恰逢辛笛在加州小住，他跟朋友、台灣詩人張錯開車跑去拜見過的往事：

「我們在高速公路上迷了路，」也斯說，「在路上轉了很久，結果遲到了。為此我還寫了一首詩。」

聽說我想申請香港的大學教職，也斯便介紹我認識了嶺南大學中文系主任陳炳良教授。後來中文系有招聘廣告，也是也斯從美國打電話來向我通報的。申請者需要三位有名望的學者作推薦人，我說就請他和華東師大的王曉明。還有一位請誰呢？

「請作家可不可以？」我問也斯。

「最好是在大學任教的啦……噢，你想請誰？」

「辛笛先生。」

「太可以了！他一個人抵得上我們兩個。你能請到他就太好了。」

他這麼一說，我也沒有把握了。畢竟我跟辛笛先生只見過兩次。有一次還是夾在那麼多人中間，我這人又拙於言詞，當時沒說出幾句完整的話，想來他對我不會留下甚麼印象。而且我聽聖思說她爸爸近年身體不好，很少提筆，老友的信都回不了。所以我在給聖思的信裏特別說明，只要她爸爸同意作我推薦人，不用寫信，同意我把他名字填到表上即可。

誰知很快就收到聖思的航空信。信裏有兩張用漂亮工整的小楷書寫的推薦信，是辛笛先生親筆寫的！兩張紙都寫了大半張，而且內容不盡相同。抬頭則分別是嶺南大學校長和教務主任的名字。

聖思在信裏告訴我，她爸爸八一年來香港中文大學開會時見到過他們二位，所以已經直接向二位寄出了這兩封推薦信，「這樣也許作用大一點。」聖思在信裏這樣引用她爸爸的話。他怕郵寄中出問題，另外又抄了一份供我備用。

至今都記得挎包裏裝着這封信在北角鬧市裏穿行的欣喜若狂感覺，身邊的人喧車鬧似乎都消失了，腦海裏只有那兩張信紙上的字句，還夾雜着他的詩句，從風裏、從雲端、從天邊外飄來，如畫，如歌：

「當輕馬車輕碾着柳絮的時候／我將是一個御者，／載去我的，或是你的，／一簑風，一簑雨，『是的，朋友，二月雨如絲，／——二月的好天氣！』」

那座佈滿頂天立地書架的大房間如今已經住了別的人家。聖思的先生效祖重病時，為籌措醫藥費只好把它賣掉了。可是每逢我到上海南京西路，都會在那個熟悉的小巷口站一下，裝作在看旁邊那間皮鞋店的櫥窗，眼睛卻望向那條陳年往事般的小巷，往事歷歷，當時和他們一家人圍坐在桌邊吃飯飲酒談天說地的情景，點滴都在心頭。

因為待客，桌子上會增加兩個菜，一般是一盤油爆蝦和一盤放了辣椒的菜。酒瓶也拿了上來。有時是白酒，有時是黃酒。起先的那幾年，除了聖思，家裏其他三位，辛笛先生、文綺夫人和效祖都能喝那麼幾口。然後我們吃聖思自製的草莓甜點，然後他們喝茶，我喝七喜，辛笛先生也乘機蹭上一杯。

那是多麼快樂的時光！辛笛先生第一次見面就把我們大家驚倒的超人記憶，後來一次又一次地把我驚得目瞪口呆。他依然不僅能準確說出每一位哪怕只有一面之緣的朋友名字，而且依然會跟我們第一次見面時一樣，說着說着就起身走到某一堆亂書旁，從中拉出談話中被提到的那位友人的書或是刊載其文章的雜誌。最為神奇的是，他甚至能說出那文章那詩的要點精句，表示讚賞。他自己寫得那麼一級棒的詩文，卻從來沒聽他貶低過誰，好像他具有一種能夠發現別人長處的特異功能似的，每個朋友都在他的心裏，每個朋友都得到他的關愛。我想，這就不止是記憶力的問題了，這是一種得天獨厚的才能，只有有大慈悲大智慧的人才得擁有。

想起那日，聽聖思說她父親的舊體詩中有一首是贈我的，激動之下，連忙把那本沒來得及細讀的《聽水吟集》從頭至尾一頓亂翻，口中嚷嚷着：「哪裏？在哪裏？」聖思笑道：「跟我爸收到他作品樣刊的神氣有點像。」

她說她爸爸會在樣刊還沒寄到之前，迫不及待跑到報刊門市部去買一本。買到了第一時間就打開，也不管身邊來往行人，急忙翻到載有自己文章或詩的那一頁，先睹為快。

聖思這樣說的時候，她爸爸就坐旁邊，臉上是那副天真的經典微笑，自我解嘲地道：「敝帚自珍嘛。」

算算，那是九十年代中晚期的事吧？那時辛笛先生已年過八十，又因動過前列腺手術身上吊着個袋子，不能騎車了，但仍然會拄着根手杖出門，一般都是去那間離他們家半站路的報刊門市部。那時他名聲已如日中天，海內外報刊隔三差五有他的新舊作品發表。

可是漸漸地，桌邊的飲者在減少，先是文綺夫人不能喝了，然後是辛笛先生。然後，有一天，我發現只剩下聖思、效祖和我三個人圍坐在那張空曠的大桌子旁，在那荒涼下來的書城裏形影相吊。效祖也不能喝了，他的胃出了問題。聖思臉上一貫的淡定笑容有點恍惚，她斷斷續續講着她爸爸媽媽最後日子裏的事情。我獨自喝着一杯雪碧，心緒紛亂地聽着。

「門的開閉聲，/鄰近的人家有人歸來/『是我是我』我想問/我想呼喚/我想告訴他……」

我想告訴他我想告訴他：我們都成了孤兒呀！

心靈的孤兒。

於是，我又想起了〈挽歌〉:「……聲音自草中來/懷取你的名字，前程是「忘水」/相送且兼以相娛/——看一支蘆葦。」那種餘音嫋嫋的美麗，使人難忘，可是我一直沒有把最後這一句吃透。

在辛笛生平紀念視頻裏，我看見聖思哥哥聖群的一幅攝影，蒼茫天地之間，一支蘆葦搖曳生姿，向着身下的逝水，向這廣袤的大千世界，似在鞠別，似在祝福，那一種優雅，那一派高貴。

我終於對那句詩有所領悟。後來，我一看到蘆葦就有拍攝的衝動，也終於拍到了一幅，然而總不如聖群大哥那幅有味。

先生之風，山高水長
——記憶中的劉以鬯先生

第一次聽說劉以鬯先生是在香港九龍灣公共圖書館的書架旁。那時初來香港，最令我興奮的就是香港的圖書館，我一有時間就泡在那兒，以「掃架」的方式將那些在內地看不到的書一一捧讀。劉以鬯所譯喬也斯·奧茨的《人間樂園》即其中之一。

當時內地已開放了十多年，從前都是禁書的西方名著譯介了不少，但奧茨這位美國現代小說家的作品卻似乎遺珠，我站在書架邊讀了第一頁就很喜歡。手法新奇，譯筆又是那麼流麗，我一口氣就讀了小半本。多年來讀外國文學的經驗讓我懂得，譯介一位外國作家是否成功，往往取決於譯者，所以我趕緊看譯者名字，劉以鬯。這名字似曾相識。哦，剛才在中國小說櫃不是也看到了這個名字嗎？整整兩大排哦！

據我在圖書館「掃架」的經驗，凡是佔據兩排書以上的小說家都是通俗小說家，一般來說我不大會去領教。所以便掠過去了。現在一看他這本譯作，便趕緊跑過去翻看。真是不看不知道，一看嚇一跳，我這才知道，原來這些年來被我們在內地當作新玩意兒揮舞的意識流、魔幻現實主義等等新潮小說技巧，這位劉先生早在五十年代便玩得爐火純青了。我跟新認識的香港文友談起，才知原來劉先生竟是執香港文學牛耳者，在香港文學界名聲如雷貫耳。而且他不僅是一位名作家，還是一位名編輯，當今香港作家中最有成就的幾位，皆曾得到他的提攜。

沒過多久，我自己也親炙了劉先生的光照教誨。

還記得那是一個與平時一樣忙碌的傍晚，我正在報社埋頭工作，旁邊桌上的電話響起來，一位同事接聽之後，把電話遞給我：「喂，找你的！」

電話裏是一位溫文爾雅的陌生男音，說的是帶上海口音的國語：「我是《星島晚報》副刊編輯劉以鬯。」

「啊！」大驚之下，我簡直不敢相信自己的耳朵，「您……您就是那位……那位劉……劉先生！」

「你寄給我們的那篇稿子已經發了，」電話裏那聲音卻是水波不驚，繼續道，「明天見報。因為人手問題，我們不寄樣報，所以現在口頭通知你。」

「稿……稿子？」

我結巴道。那時我正值瘋狂寫稿到處亂投的高峰，一日往往投寄數稿，心裏一急，便想不起來投給《星島晚報》的是哪一篇了。

電話裏那個聲音卻依然平緩溫和，道：「評介納博科夫的那一篇。寫得不錯。歡迎你今後繼續來稿。」

那時劉先生已經到耳順之年了吧？他從五十年代起，在香港主編過好幾份報紙的文學副刊。1985 年又創刊《香港文學》。擔當其主編十五年。香港許多作家都是從劉先生編的文學副刊和雜誌起步的。我不知道他們是否也第一次投稿就接到劉先生電話，接到後是甚麼感覺？我自己是激動不已的。不過激動之餘，我也想不到別的感謝辦法，唯有更加奮發地往他那兒投稿而已。我初來香港的大部分短篇小說，都在劉先生時期的《香港文學》發表。

第一次在《香港文學》發小說，也許由於沒有樣報問題，劉先生沒有打電話告知我發表時間，只是隨樣書寄來了一份訂閱單，讓我選擇拿稿費還是訂雜誌。我選擇了訂雜誌。當然啦，終於有一個向他表示敬意的機會了。

我在香港獲得的第一個文學獎，劉先生是三位評委之一。這篇小說發表在《香港文學》。後來聽另一位評委也斯先生說，之所以發表了我的亞軍作品而沒發表冠軍作品，是由於劉先生的堅持。順便說一下，那次文學獎也和我獲獎的其他文學獎一樣，是匿名投稿。作者名字要到評定好了得獎作品之後才向評委揭曉。

劉先生出席了頒獎禮。那是我第一次見到他。他瘦高個子，面目清癯，白髮皤然，風度翩翩，在我眼中儼如神仙中人。這讓我下了幾次決心也不敢貿然上前自報家門，向他道出我積壓在心上多時的感謝。本以為上台領獎時可以趁機跟他說，誰知給我頒獎者不是他。便又想下台時走到他跟前說聲謝謝。不料由於緊張，往他那邊走了一步便蹌踉着差點跌倒，於是趕緊落荒而逃。

八年之後，我才在另一次小說頒獎禮上跟劉先生第一次握手。

劉先生也是那次小說獎的評委之一。當頒獎

程序進行到評委與獲獎者合影一項，我終於得以走到劉先生身邊，向他伸出手去說：「劉先生，謝謝您……」

他卻似乎驚異，看定我道：「謝我甚麼？」

「這些年來……還有上一次……和這一次……」笨口拙舌的我，一慌就更加笨口拙舌。

「你這部小說寫得很好，是五名評委一致評它為冠軍的。」劉先生道，我在他略略升高的語調裏竟聽出了一點責怪的意思：你沒必要單獨對我一個人說謝謝嘛。

後來我研究徐訏小說時知道，當時我那感覺沒錯。劉先生的確對我那一聲感謝不大以為然。他從青年時代作編輯起，向以扶持文學青年為己任。稍長，更與其兄一起創辦了上海懷正出版社，出版的書多為文學作品，扶持了不少文學新人。他們出版社雖只有小樓一座，卻像巴黎莎士比亞書店似的，闢有為貧困文學青年提供寫稿之地的宿舍。徐訏的成名作《鬼戀》和流行一時的《風蕭蕭》皆在懷正出版社出版。而連載《風蕭蕭》的重慶《掃蕩報》副刊，主編亦是劉先生。五十年代初徐訏到香港後，先他一步到埠的劉先生給了他很多幫助。據我所知，徐訏除了在一篇憶及姚雪垠的文章裏順便提到這事，並沒有對劉先生表示過特別的感謝。

2004年，在某次文學研討會上我又遇見劉先生，就跟他提起了他扶持徐訏的往事，說希望找個時間訪談，他又露出上次那樣的驚異神色，道：「談甚麼？」

「談……徐訏先生有一篇文章提到您，說您當年在上海辦懷正出版社時，扶持了不少作者，包括一些後來很紅的左翼革命作家。」

我說這話時，心裏想到的是徐訏那幾篇回憶內地作家的文章，徐訏在文章裏對他們得到劉氏昆仲幫助卻不知感恩的態度，頗不以為然。我希望跟劉先生談談這些文章。然而，劉先生卻又以那種淡然的口氣道：「哦，出版社當然要扶持作者啦。我不管他是哪一流派的。更不管他革命還是不革命、左翼還是右翼，我只看他的作品行不行？有沒有文學價值？」

我最終沒有請到劉先生作訪談，但總算與他合了張影。這年他已經年近九十了吧，但依然挺胸直背，白髮皤然，風度亦依然翩翩。那種超然物外的神氣，令我心頭頓時掠過范仲淹的名句：「先生之風，山高水長。」

祁姑姑

我記事晚，最早的記事也只能追溯到三歲，所以無法記憶第一次看到祁姑姑時的情景，因為據我媽說，祁姑姑第一次來我們家時我還不滿兩歲。不過祁姑姑卻是我童年記憶中印象最深的人物，因為在我兩歲至五歲的三年中，她每個月都會來我家一次，每次都要住一夜。

那一天是我家的重要日子。頭天我媽和我奶奶就開始念叨：明天祁姑姑要來了，多買些青菜，她最喜歡吃青菜了。還有對蝦。哦，要跟樓下爺爺說一聲，請他晚上留門……

到了那天，我媽就比平時更忙，一大早就去東單菜市場買菜，說那裏的肉更新鮮，她要剁肉餡蒸包子。又忙着拖地板抹窗子。如果那日有太陽，還會把一條棉胎拿出來曬。然後拿出乾淨被單和被面，將它們組合成一床新被子。奶奶是小腳，眼睛也不好使，平時大多時候都坐那作些針線活，可那天也這裏走那裏晃的滿屋都是她。我媽忙進忙出時她負責照管我們，還瞅空子作些摘菜包包子疊被子之類的輔助工作。時不時地，她倆交換着一些有關接待事務的意見：

「豆腐乾切絲還是切片？」

「切絲切絲。」

「要不要把她的枕頭也曬一曬？」

「對，都曬一曬。」

口氣興沖沖的，平時緊皺的眉頭也舒展開來。

大人高興我們也高興，當然也更淘氣。這時奶奶喝斥我們的話裏就要加上祁姑姑元素：「不要吵！祁姑姑最不喜歡小孩子吵。」「吃飯時不要說話，祁姑姑不喜歡吃飯說話。」

我媽就對她的話加以強調和補充：「對，祁最怕吵。小孩子一吵就討人嫌。」「她飯前禱告的時候尤其不要說話。你們記住啦！」

如此這般，當這位牽動全家神經的重要人物出現家中時，我心裏已然對她既敬且畏。

「小孩子心裏明白着呢，」我媽說，「二妹見生人就哭，可她第一次看見祁就沒哭，好像知道她是我們家的貴人似的。」

當然知道啦，她們老是把祁姑姑對我們家的好說了又說：

「我老早就曉得她為人仗義，沒想到會這樣仗義。」

「要是沒有祁姑姑，我們這一家人早沒了。」

1951 年年底的一天，我爸上班之後就一去不返，失蹤了。我媽奔走了好些天才打聽到他被關押在了公安部屬下一個叫作「新生公學」的地方，因為有人舉報他是國民黨特務。

那時我們一家五口剛從香港到北京不久。人生地不熟，舉目無親。奶奶年近七十，我媽則因兩個孩子都不到三歲，第三胎臨盆在即，就還沒去找工作。丈夫一失蹤，全家經濟來源頓告斷絕，而家中值點錢的東西也都被「新生公學」某日夜半掩至查抄一空。家裏眼看要斷炊，我媽只好寫信向各地親友求助。可那些信大多泥牛入海無消息，只有祁姑姑立即帶了錢從天津趕到，還安慰我媽別急，說有我在就有你們一家在。

祁姑姑是四十年代我媽在上海工作時的宿友。當時我媽復旦大學經濟系畢業後在上海聯合國救濟總署當會計。祁姑姑同濟大學機械系畢業後在中國航空公司當工程師。她們都寄宿在上海基督教女青年會宿舍。1948年，我媽跟我爸結婚去了香港。祁姑姑則被她們公司派到香港工作。1949年11月，中國航空公司和中央航空公司在香港宣佈起義，十二架飛機從香港啟德機場飛去了北京和天津。參加起義的兩千多名員工也從陸路回到大陸。祁姑姑就是那兩千人之一。

兩航起義人員是中華人民共和國民航業的開

創元勳，中共起先對他們還是比較優待的。祁姑姑月工資有一百圓，在當時算是很高了。她分一半給我們。

「有五十塊呢，跟你爸原先的工資一樣多。」奶奶總是這麼對我們感嘆。我媽就補充：「五十五塊，一聽說小妹缺鈣，又加了五塊錢訂牛奶。」

這錢起先是郵寄過來，後來祁姑姑遭人舉報，說她資助反革命家屬。公司開大會批鬥她。祁姑姑只好將資助行為轉為地下。每月發工資後的第一個周六便乘火車來北京送錢。為避人耳目，她總是乘當天最晚的那班車，然後在周日中午趕回天津。

所以我記憶中有關祁姑姑的畫面多是三更半夜：家中那盞用塊黑布遮住的電燈下面，兩個對坐在桌旁的人在牆上映出兩個靜止的身影，佔滿了大半個屋子。窗戶關得緊緊的，窗簾也拉得嚴絲密縫。斷續傳來的窸窸低語聲，使得那兩個靜止的身影更顯神秘。但我不會像平時夜半醒來般惶恐不安，反而心定神安地又睡了，因為我知道是祁姑姑來了，她是我們家的保護神。

差不多四十年後，當我出版了第一本書拿給我媽看，她把書接過去翻了翻，就對我說：「為甚麼你不寫寫祁姑姑呢？」

是呀！這話真把我給問住了。其實我不是沒試過，後來甚至還真的寫出來了一篇，發表在香港《大公報》。但我知道那是一篇失敗之作。大概因為祁姑姑在我心目中的形象太高大了，我太刻意要把這篇文章寫好了，比平時更加眼高手底，寫着寫着就變成一篇好人好事文字。

還有個原因也許是，祁姑姑雖有三年之久每個月都出現在我家，我爸獲釋後她也是來我們家最多的人，但她跟我們孩子交流很少。這一來是因為她跟我媽有說不完的話，二來大概確如奶奶所言，祁姑姑不喜歡小孩子。印象中她沒跟我直接對過話，而我也沒有試圖跟她對話。我覺得這跟我特別膽小，而她特別嚴肅、個子又特別高有關。

對，高，是我想到祁姑姑時第一時間湧上心頭的形容詞。祁姑姑個子高，鼻梁高，眉梢高，頭也老是仰得高高，讓人更覺得她高不可及。北京的冬天那麼冷，我們個個都被厚厚的棉衣棉褲甚麼的包裹得周身臃腫，只有她一襲呢子長大衣，把她高挑的身材襯得更加高挑挺拔，那張高高在上的清麗面龐被一條花圍巾環繞着，兩條圍巾梢在下巴頷上打個結，在風中飄呀飄的，望去好像她隨時會從我們這些凡夫俗子中飄離似的。

家中碩果僅存的幾張祁姑姑相片也證實了我這一印象。有一張是風景照，是那年她跟我們全家一起在頤和園拍的。照片上沒有我爸，他是拍照者。對，那次郊遊就是為了慶祝我爸給放回家。祁姑姑是照片上最高的人。她一邊站着身材矮小的我媽，另一邊坐着我奶奶，我們三個小孩都是學齡前兒童，一個矮似一個。這就越發顯得祁姑姑高。加上她腰身又挺得那麼直，神采又那麼飛揚。

有一張是她側面大頭像。烏黑的大波浪披肩髮，頭微微朝後仰，把她希臘雕像般的五官體現得更加希臘雕像，真是「美麗不可方物」這一形容語的生動詮釋。不過「美麗」一詞要改為「高貴」比較好。

還有一張是她去世前不久拍的，那時她已有四十八九歲了吧，大波浪的髮式已經改為小波浪，頭髮也沒原先那麼濃密了。臉容有點憔悴，不過高貴秀麗的風采依然。頭還是微仰，目光是仰望的角度，而總是那麼嚴肅的眼睛裏竟含有隱隱笑意，好像她看到的已然不是人世塵埃，而是天堂景色了。

哦，我想起來了，其實祁姑姑還是跟我直接對過話的。在我最後一次見到她的時候。

1960 年初，我媽領着我們從大興安嶺奔長沙，經過天津，在祁姑姑家住了兩天一夜。我媽的肺結核到大興安嶺後更加嚴重。在零下四十度的嚴寒中，她開始吐血，體重只剩下七十斤。醫生說她活不過那個冬天，她甚至跟我爸在安排後事了。其中一條就是把我送去天津給祁姑姑收養。因為我身體最弱，已經住過兩次醫院了，他們認為繼死了的奶奶和將死的我媽之後，下一個就會輪到我。不過最後他們還是決定來一次生死大逃亡，讓我媽帶着我們孩子回她的故鄉長沙。祁姑姑是這一計劃的贊助人，她來信叫我們「趕緊走」，還立即寄來路費。

這一次跟祁姑姑相處的兩天，記憶就比較清晰了。她來火車站接我們。我一下火車就看見她沿着站台朝我們跑來。遠遠地看去，她還跟以前那麼美，腰身還是挺得那麼直，頭還是微微揚起，雖然呢子長大衣變成了一身灰布列寧裝，頭上卻還是圍着一條花圍巾，這讓她在風塵僕僕灰頭土臉的人流中格外醒目。她奔到我們面前就一把扶住我媽的肩膀，我媽則抓住她的手臂，哭了起來。

她倆已經三年沒見面了。其間她們都經歷了

很多事。我媽自然是九死一生，祁姑姑日子也不好過。她再婚的丈夫老史雖然從北京調來了天津，但不久就被發現有外遇。他們分居了。而她的工作也不順。航空公司對他們起義人員沒原先好了，就連起義的領導者都在反右運動中招。他們這班技術人員更被當成「資產階級知識分子」甚至「國民黨殘渣餘孽」挨整。加上祁姑姑有「資敵」的前科，比別人更多了一層「問題」。我們來之前她剛從下放勞動的地方回來。

不過在站台上祁姑姑並沒有表現出她的煩惱，還安撫地拍着我媽的肩膀說：「好了好了，大家都活着，這就好。」她一手抓起我們最重的行李一手挽着我媽大步流星地走在前面，不時回頭朝我們招手：「跟上來！跟上來！」好像我們是一隊急行軍的士兵，前面有十萬火急的任務等着我們去完成。

突然，她回頭更加起勁地朝我們揮手，面露喜色：「快！快！那家飲食店有人在挨個啦！」

原來她事先已經打聽到，這間好些天沒開張的飲食店今天有吃的賣了。「你們運氣真好！」她興沖沖地道，「一來就碰上有吃的賣，說不定還有包子呢。」

她對於吃食的這種熱烈嚮往，一下子拉近了我們之間的距離，我便問道：「甚麼叫挨個？」

「『挨個』就是天津話裏排隊的意思。」祁姑姑說，還朝我微微彎下身子，耐心解說，「排隊你懂吧？你不會沒排過隊吧？『挨個』這個詞語比排隊更形象。你看，大家一個挨着一個。而且一定要挨得緊緊的，才不會給別人插隊。插隊你懂吧？就是有人不遵守規則，乘你不小心插到你前面。」

她詳細地跟我們說明着天津的排隊規則，其實那跟大興安嶺的排隊規則大同小異，而我早就是個排隊高手了，甚至也知道了種種插隊訣竅。但我還是認真地聽着。因為那是祁姑姑第一次跟我說話，還一說就說這麼多。高高在上的她，一下子降落凡塵，變得如此和藹可親誨人不倦。本來我還一直在擔憂我媽會不會就此把我交付給她，現在也不那麼擔憂了。

那天我們買沒買到包子我已經忘了。雖然在那個年月吃包子是件大事，但還有一件更大的事跟着發生，就把關於吃包子的記憶給掩蓋掉了。

那天晚上，我們被祁姑姑早早安排睡下。而大家也乖乖接受安排，因為我們知道，祁姑姑和我媽又要徹夜長談。

那時我已經從父母的談話裏依稀知道了祁姑姑的婚姻觸礁，也知道她在香港曾有過一次失敗婚姻。後來在我們家認識了老史。那人是我爸在新生公學的獄友，也跟我爸一樣被證實了清白後回原單位工作。老史人長得很帥，高大英俊，風度翩翩。吃飯時會為女士拉椅子，出門時會為女士開門。還打得一手好橋牌。但我媽強烈反對這樁婚事，她說老史跟祁姑姑的前任丈夫其實是同一類人，貌似紳士卻華而不實，「特別會講甜言蜜語，其實沒有一點責任心。」我聽見我媽跟我爸這麼說，「祁從小就沒媽，她爸對她不好，她媽去世後為了自己再成家，把她送去基督堂辦的孤兒院。她太缺少愛，所以老是上這種人的當。」

我也不喜歡那名英俊男子，因為他頭髮老是梳得油光鋥亮，跟他腳上那雙也老是擦得油光鋥亮的皮鞋上下呼應，讓他看上去像電影裏的壞人。再加上他雖進門會摸摸我們小孩的頭以示親切，其實只是敷衍。他連我們誰是誰都分不清楚，老把這個人的名字安到那個人頭上。我心裏暗暗希望他跟祁姑姑一刀兩斷，這當然主要是覺得他根本配不上祁姑姑，但其中也未嘗沒有自私的考慮：萬一我真的要被祁姑姑收養，我可不希望他是家長之一。

那一夜我就留了個心眼，眼睛雖然閉上了，心裏卻告訴自己不要睡着，聽聽她們對這事是怎麼說的。但也許是坐了三天三夜火車實在太累，很快我就進入了夢鄉。

半夜裏，我被一種奇怪的聲音驚醒了，睜開

眼睛一看，屋子裏還有亮光，怎麼啦，也是一盞用深色布巾圍住的電燈，燈下也是對坐着那兩個女子，她們巨大的身影充滿了整間屋子。但我立即發現，跟以前不同，其中一條身影在抖動，而緊接着，我就又聽見了那種奇怪的聲音，而且很快就判斷出，這是啜泣的聲音。這聲音我早已熟悉，因為我媽跟我爸的夜半密談，往往會以我媽發出這種聲音而結束。為甚麼我會感覺奇怪呢？我立即也有了答案。因為今夜發出這聲音的，不是我媽，竟是祁姑姑。

祁姑姑也會哭！祁姑姑也會傷心流淚！

這一發現太讓我驚異了，以至於無論我怎麼回想，也想不起來我在那一夜所聽到的談話內容了。也許她們的話音實在太輕，而且老是省略或是含糊化主語的緣故。這是她們那年代的人的交談風格，尤其是親人密友之間，由於習慣了擔心隔牆有耳，大家都成了這種耳語式對話的高手，省略掉對話者心知肚明的主語或某一句子成分，便是被人竊聽到了甚麼，也會因為搞不清所指而提不出確鑿罪證。

不過，更大的可能是我聽到的內容讓我心安，那就是祁姑姑決定了跟老史分手。

後來，1965年，當我們接到老史報告祁姑姑死訊的電報，我媽衝口而出「是他害死了她」時，我曾向她發問：「是不是那天晚上她跟你這麼說過？」

「那天晚上？哪天晚上？」

「那次在天津呀！」

「那倒沒有。」

「可是我聽見她哭了。她為甚麼哭？像她那麼好強的人都會哭。」

「這你就錯了，她並不像外表看上去那麼強。而且最容易相信人，要不然她也不會後來又被老史說動了跟他和好。」

我又想起來一件事。祁姑始去世沒過幾天，一天晚上，我爸不期而至，出現在我們長沙的那間閣樓房子裏。大家又驚又喜，這還是我們回長沙後第一次見到他。尤其是當我們聽說，他是特為趕去天津操辦祁姑姑喪事的。

「你把她骨灰罎帶回來了？」我媽忙道。

「沒有。老史不肯。他畢竟是她丈夫。」

「是他害死了她呀！」

「不要亂說。應當說這次他的表現也還可以。他蠻悲痛的。還給我看了祁的全部病歷，真是癌症。淋巴癌。發現得太晚了，他說他盡了最大努力。」

「你信他的！祁最後一封來信只是說她病了，根本沒提甚麼癌症。結果沒過多少天就來了老史那封電報。」

「那是因為老史把病情瞞住她了，他說這是醫生的意見。」

「他說他說！你甚麼都信他說。也難怪，他是你朋友嘛。都是你害死了她！要不是你她怎麼會認識他，要不是你她根本不會回來！」

「怎麼都賴到我頭上了？你還講不講理啦？」

他們吵了起來。被人看作模範夫妻的他們，已經不止一次因為祁姑姑吵起來。當初發現祁和史成了戀人以後，他們就大吵了一架。我媽指責我爸是這一事件的推手。我便是在他們那次吵架時第一次聽到我媽這一指責：當初祁姑姑在香港臨參加起義前，曾經來徵求我爸的意見，我爸力主她參加起義。這才讓她下定了最後的決心。

這些爭吵總是以我媽的崩潰和我爸的妥協而告終。

「其實也是我害死了她。」我媽哭着道，「要不是我她怎麼會認識你，要不是你她怎麼會認識史，她救了我們我們卻害死了她。」

「好了好了。」我爸一看我媽崩潰即刻敗退，「就算是我害死了她好不好？就算是我對不起她也對不起你好不好？可我們再怎麼吵她也活不過來了。」

我猜，我爸心裏是真的對祁姑姑有着強烈的負疚感。1972 年冬，我和我爸從大興安嶺回長沙，他執意要在天津下車，說是要尋找祁姑姑的骨灰罈。文革一來老史就遭到了衝擊死於非命。他和祁姑姑在天津都沒有親人，祁姑姑的骨灰罈也就從此下落不明。

那天我和我爸是一大早下火車，一下車我們就馬不停蹄在好幾個地方之間奔波：民航局、醫院、他們住過的房子……最後是天津海關大樓，那是老史生前所在的機關。依稀記得那是一座西式老房子，有着灰色的石牆和暗紅色的木樓梯，長長的走廊和辦公室是四面圍繞的格局，中間是個大天井。我們就在那些辦公室裏出出進進，見過無數的人，男的女的，年老的年輕的，每張面孔都一臉惘然，每人的說詞都可以歸納為一句話：「不知道。」

最後，我們終於癱坐在大門口的台階上。

一月的寒風吹在臉上，可我並不覺得冷。因

為父親的聲音在我耳邊一徑響着，平時沉默寡言的他，此時變得婆婆媽媽似的嘮叨。

「你媽老把你祁姑姑回國怪到我頭上，」他嘮嘮叨叨地道，「其實真是冤枉。你祁姑姑那麼有主意的人會聽我的話嗎？即算我反對，她也會參加起義的。她比我還愛國。再加上那時她剛遭遇婚變，一心想離開那個傷心之地。後來她跟老史好，我也是在他們宣佈結婚以後才知道的。還跟你媽一道趕緊跑去勸她。可是有甚麼用呢？她已經拿定了主意。而且話說回來，老史也不是壞人。」

聽到這裏，我終於有了話，憤然道：「還不壞！就是他害死了她！」

「你怎麼跟你媽一個口徑？被她洗腦了？老史那個人輕是輕浮一點，跟你祁姑姑性格是不太合，但不可能害死她。祁真的是得了癌，淋巴癌，不信你去查，那是最凶險的一種癌。當時我還跑去找了那個給她開刀的醫生，他說開刀後發現癌已經轉移得到處都是，只好趕緊縫合。」

「也許他是那個女人的同謀。」

「哪個女人？」

「老史的情人吶！她不是護士嘛！」

「你小說看多了吧？怎麼越說越離奇了！」

「才不是。這是我親耳聽祁姑姑說的，就是那次我們路過天津住她家的夜裏。祁姑姑都哭了，她跟我媽說她這輩子老是碰上壞男人，還說我媽的命其實比她好，不管怎麼說還有個完整的家……」

其實當我跟我爸說着這些的時候，我對我那些話的出處並沒有把握。是我真的親耳聽見了那些話還是我媽後來告訴我的？或是我在祁姑姑給我媽的信裏看到的？都無從考察了。祁姑姑去世前跟我媽通信頻繁。有些信我媽給我看過，有些我自己偷看過。不過那些信全都在六六年被我媽銷毀了，跟一堆其他的信件、照片、筆記本一起，花了好幾天，費了好多心思。只保留了數張最寶貴的、她說要跟她自己同歸於盡的照片，我才得以在寫下這些文字的時候，還有祁姑姑的照片為那些日見朦朧的回憶作參照。

但當時我自然不會對父親說這些，而父親似乎也不深究。他默默地聽我說着說着，不再爭辯。他一向是個與世無爭但求和氣的人，卻命中注定要背負這些只能以尋找骨灰而平定的痛苦往事。這已經是我們那次行程中第二次尋找骨灰了：先是奶奶的，後是祁姑姑的。他似乎被這沉重的負疚感壓垮了，他沉默着。我也沉默下來。風越來越冷。天津的寒風似乎比大興安嶺還要凜烈。

後來，不記得是在去火車站的路上還是在火車上。我爸沒頭沒腦地又說了句話：

「其實祁麗雲是幸運的，」他道，「她文革前就死了。」

我吃了一驚，因為這話跟我媽的話不謀而合。文革中，當我們不斷風聞和目睹親友鄰人們慘死，我媽就會嘆息着道：「還好祁死了。好人還是有好報的。」

九十年代，我在網上看到有關兩航起義的解密文件，得知當初所有參加起義的人士，從領導者到那兩千多工程技術人員，皆在歷次運動中遭到迫害，非死即殘，無一倖免。讀着那些令人不忍卒讀的慘死情節，我就不由自主地想起我爸我媽的話，也在心裏嘆道：

「還好祁姑姑文革前就死了，好人有好報。」

回憶草嬰先生

聽到草嬰先生逝世的消息，我第一時間就從書架上抽出那套已經被我讀得破舊的《安娜卡列尼娜》，再次重讀一遍。翻開第一頁，便見扉頁上他的親筆題字。三十多年前他把這本書題贈給我的往事頓時浮現眼前。

那是我第二次見到草嬰先生。第一次見到他是在南麓衡山。1983年，我去南麓衡山參加湖南省外國文學研究會的年會，順便為我工作的《芙蓉》雜誌組稿。會議最後一天的活動是爬山看日落。草嬰先生那年大概年過六十了吧，但他興致勃勃地一直走在前頭。我向來怕爬山，那天卻一步不落地緊跟其後，因為生怕漏掉他說的每一句話，還因為想着組稿的事。

那時我已經讀過他譯的蕭洛霍夫的《被開墾的處女地》、《一個人的遭遇》、萊蒙托夫的《當代英雄》，還有尼古拉耶娃的《拖拉機站站長和總農藝師》，可以說那年頭可以找到的草嬰所有譯作，我都拜讀過了。在我心目中，他是與朱生豪、查良錚、汝龍、傅雷、麗尼等翻譯大師一樣，神一般的存在。其實我去參加那次會議的原因，一大半是因為聽說他被邀為大會嘉賓。

他真的來了。我驚異地看到，他竟然還這麼年輕，腰板挺直，面目清朗，而且多麼平易近人！不管見了誰他都一臉謙和地微笑，一邊說「你好」，一邊伸出手來握。有人把我們這幾個年青人介紹給他，他認真聽取每個人的名字，還看着對方的面孔把名字重複一遍，讓人感覺他的確把你當回事，所以努力把你的名字和你的面孔對上號。也許我的名有點生僻，他問了一句：「樸素的樸還是玉璞的璞？」我太激動了，竟至昏亂答道：「樸素的樸……不不，玉璞的璞。」

第二天他大會發言，講了整整半天，可自始至終台下鴉雀無聲，最後，掌聲雷動。雖然他始終沒起過一次高腔，沒有過一個激昂的手勢，只是溫文爾雅坐在講台後面，用帶江浙口音的國語閒話家常般地慢條斯理，娓娓談來，可所有的人都被他震住了。

那是我平生聽到過的最精采的演講之一，從此改變了我對大會演講的成見。跟我一向聽到的首長講話或是學術演講大相逕庭，沒一句豪言壯語，沒一句虛話套話，都真材實料且妙趣橫生，有如冬夜圍爐聽長輩講古。又好比聽良師益友說文解惑。他講述着他投身俄國文學翻譯的前塵往事，講述着他在文革中九死一生的遭遇，講述着他翻譯中的體會心得。聽得我時而驚心動魄，時而蕩氣迴腸，本來帶了個大本子來作記錄，結果因為聽得太投入而忘了記。不要緊，我把那些話都記在心裏了，一直記到今天。

後來，在南麓山頂，落日的餘輝中，我仗着跟他一口氣爬上山來的餘勇，開口向他約稿了：「草嬰先生，您能不能給我們《芙蓉》譯點甚麼呢？」

今天我還清晰地記得先生聽到這話時那誠摯懇切的神色，好像我不是一個連自己名字都說不清楚的怯懦小編，而是一名正與他促膝談心的朋友，為表尊重，身子還朝我微微前傾：

「謝謝你跟我約稿，可是近幾年我恐怕抽不出時間來。因為我有一個比較大的翻譯計劃，打算把《托爾斯泰全集》譯出來，可是我畢竟年紀大了，精力不如當年，所以要把我的全部時間都放在這件事情上了。」

大概發現我一臉失望，他又說：「要不然，我推薦一位年輕朋友給你們譯點東西好不好？他是華東師大俄國文學研究生，譯筆非常好。而且對蘇聯新時期文學比我了解，如果你們有興趣，我可以把他的聯繫方式給你，讓他把稿子寄給你看看。」

這就開啟了我後來與華東師大的不解之緣，從認識草嬰先生的忘年交章海陵到報考王智量老師的研究生，不過那是題外話了。

有了這樣一次接觸，我才會在第二年去上海組稿時，貿然跑去請草嬰先生幫忙。出門時領導跟我交代，眼下雜誌缺名家稿，所以一定要設法去找名家約稿。這卻是我的弱項，社交能力極差的我，當時認識的唯一名家就是草嬰先生。而且也只有南麓那一面之緣。然而當我到了上海給草嬰先生打電話說我想找名家約稿，先生當即道：「好的，你先到我家來吧，我盡力幫你找找人。」

那時他翻譯《托爾斯泰全集》的工作正在緊張進行中，每天從早到晚都在工作。他要我中午去，說這一時段他會休息一下，邀我跟他共晉午餐。我抵達他家時他好像剛從書桌邊起身，但顯然為我的到來作了準備。因他馬上就拿出一個小本子，告訴我這是他的通訊錄，他已經給上面的誰誰誰打了電話，誰誰誰現在在上海，誰誰誰不在，在的人又是怎麼回應他的。

「年青一輩的作家我認識的很少，」他最後總結道，「所以你看，我聯繫的大都是老一輩作家。你今天就先去找找這兩位好不好？他們跟我是文革中的難友，關係比較好，他們即算一時沒有稿給你，也會給你提供幫助的。」

他就說出了王西彥和黃宗英的名字。大概見我目露怯色，便又安撫地道：「不用怕，他們人都很好的，都答應了見你。我現在再給他們分別打電話，告訴他們你到達他們家的大致時間。」

說着立時拿起電話，當着我的面跟他們一一溝通，說好時間，還拿一張紙片記下對方的門牌號碼，以及其家附近的公交車線路。然後把那張紙片交給我：「你看，都講好了。正好西彥先生的公子曉明今天也在家，他是現在非常活躍的青年評論家，說不定能幫你聯繫到一些青年作家。」

我後來一直盡力善待晚輩文學青年，影響便是來自於當年從草嬰先生、從其他師長處得到的這種無微不至的關照。我從他們那裏學到的待人接物之道，令我受益終身。我自知自己永遠達不到他們那樣的高度，那一種自然天成的體貼周到，那一份深入到骨子裏的溫柔敦厚，來自於深厚的文化底蘊，家世教養，我只能學到一點皮毛，但我會盡力追隨他們努力下去。

多年來，我搬過了無數次家，藏書被一次次地淘汰，草嬰先生題贈給我的這套《安娜卡列尼娜》卻至今還保存着，我想，她將伴着我走完此生吧。

陳雄邦先生

現在已經沒有香港《新晚報》了，那份報紙也許是香港堅持到最後的一份晚報。如今，大概只有三零至五零後的香港人，心中才會閃回下班回家路上爭購《新晚報》的往事吧？如今仍然遍佈兩岸三地的武俠小說迷們，大概也很少有人知道，金庸、梁羽生武俠小說的發源地，正是這份已然消失在歷史塵埃中的香港報紙吧？

九十年代初，我往《新晚報》副刊瘋狂投稿的年代，這份報紙已經進入日薄西山的黃昏歲月了。到了傍晚，報販們就把它跟《東方日報》、《天天日報》這些暢銷報紙捆綁在一起出售，兩份原本都賣五元的報紙，一共只賣六元一套。等於每份打了對折。我常常會在下班的路上買一套。因為《新晚報》副刊每周總有一兩天刊有我的散文。有一天我大喜過望：同一版竟有我兩篇散文，其中一篇署名嚴曉。副刊那位聲音蒼老的編輯，也許不知道王璞、嚴曉這兩個傢伙其實是同一個人吧？

第一次投稿《新晚報》，我在信封上寫的收信人名字一如既往，寫的是「編輯先生」。幾天之後，坐我旁邊那位同事翻看着當日報紙，突然將它往我面前一推，指着上面一篇文章問：

「這個王璞是你嗎？」

我一看，是《新晚報》副刊。上面刊載的正是我前幾天發去的那篇散文。想不到他們這麼快就刊出了。我的反應是回家立即再寫一篇寄去。過幾天一翻《新晚報》，哈，又發出來了。不記得發到第幾篇投稿時，我接到了編輯打來的電話。電話裏，那人的聲音蒼老、低沉，說的是廣東話，我那時尚不大聽得懂廣東話，只大致能聽出自己的名字，便用國語發問：

「請問是找我嗎？」

因是上班時間，我只好也跟對方一樣將聲音壓到最低。

對方好像明白我的苦衷，便改用國語了，雖然夾生，幾乎跟他的廣東話一樣難懂：「我是《新晚報》副刊編輯，姓陳。你是王璞小姐吧？跟你核對一下寄稿酬的地址。」

「哦哦！我是。我地址是——」我連忙報出地址，下面的「謝謝」二字還沒來得及出口，對方就匆匆道：「好。拜拜。」

我是從一位同事處打聽到他的名字的。那位也是文學發燒友的同事，聽我如此這般地一說，便道：「一定是陳雄邦。那是一位非常好的老編輯。《新晚報》副刊的元老級人物。武俠時代他就在那裏了。金庸、梁羽生的小說大都是他編發的。」

兩年後我應徵香港嶺南大學的助理教授職位。當我從多名應徵者中勝出，第一天去學校上班時，教務長、著名作家梁錫華先生祝賀過我之後，說了一句話：「知道嗎？你是憑內地學歷得到香港大學教職的第一人。」接着又補充似地加了一句：「這跟你在報刊發了那麼多文章有關。你在《新晚報》發的那些文章，我也看過一些。」

這時我心裏就掠過了幾絲對陳雄邦先生的愧意：對這樣大力扶攜過我的人物，竟然沒有當面對他說一聲謝謝。但仔細想想，這也不能完全怪我不通人情世故。陳先生總是那麼言語匆匆，惜話如金。每次說完稿子的事，我還沒來得及說出下面的話，他就道：「那好，啊，有清樣送來了。拜拜！」或是：「啊，有稿子送來了。拜拜！」

《新晚報》停刊前夕，他打來了最後一通電話，電話裏他的聲音比平時還要低沉，使人聯想起追悼會一類事物：

「我們報社的事情你知道了吧？明天就是我們最後一天出報了。副刊上有你一篇稿。我這裏還有你一篇存稿。對不起，沒有機會發出來了。我會把稿子寄還給你。哦，還有你這個月的稿酬。稿費單已經開好，月末你會收到支票的。」

那一字一頓的生澀國語，真的令我想起悼詞。這是陳先生打給我的最長一通電話。

我意識到以後也許再沒有跟他通話的機會了，他最後一句話尾音未落，我便趕緊道：「以後您會去哪裏呢？」

「我？我反正也到了退休年紀。先休息下再說。」

「我想請您飲茶……」

「不用客氣。我會出門旅行幾天，回來再聯絡你吧。」

他一直沒有聯絡我，而我，也沒設法去聯絡他。

得到陳先生去世的消息，大約是他離開《新晚報》一兩年以後的事。還記得那是一個必須趕去接兒子放學的傍晚，我沒像平時一樣順便去菜市場買菜，而是買了個飯盒讓兒子回家吃，便趕過海去紅磡世界殯儀館與他的遺體告別。

一間不大的靈堂裏，冷冷清清地坐着十多人，沒有一張熟面孔。那些人大概都是他的至親好友吧？我走到靈堂正中間，望向那張黑白相片，相片上是一張清癯的面孔，端正，嚴肅，目光略顯憂傷。正是我想像中的他。

淚水奪眶而出：「謝謝您！陳先生，謝謝！」我對着那張遺像恭敬地三鞠躬，喃喃道。

陳雄邦先生他能不能聽見我這遲來的謝辭呢？這謝辭雖然簡略，絕對情真意切。

黃俊東先生

一

初到香港，我一下子就被香港報刊的多種多樣雷倒了。走到街上一看，書報攤多過銀行，正所謂十步一崗五步一哨，大大小小的書報攤數不勝數。攤頭上僅報紙便有數十種，更不要說那些五花八門的雜誌了，真應了那句內地網絡流行語：亮瞎你的眼！

香港人愛看報，從地盤工到億萬富豪，都有其每日看報的理由。我移居香港的上個世紀九十年代初，互聯網還未出現，是報紙的黃金時代。地鐵上、巴士上，甚至以短程客為主的電車上，讀報人比比皆是，跟今日玩手機的人幾乎一樣多。

報紙的名目眾多，其中最暢銷的是《東方日報》(《蘋果日報》當時尚未創刊)，其次有《明報》、《天天日報》、《成報》、《星島日報》、《新報》、《信報》、《華僑日報》、《聯合報》、《快報》、《大公報》、《文匯報》等等。每份報都有好幾大疊，分為新聞、副刊、娛樂、體育和馬經等幾大疊。我站在報攤前看着那些五花八門的報刊，心裏犯了躊躇：我投稿該從哪裏下手呢？

第一批稿是剛結識的香港朋友楊先生代投的。他將我的兩個短篇小說稿裝入一個大信封，寫上「編輯先生」收，送到位於他家對面的《明報月刊》傳達室。居然在一星期後便得到都被留用的回信。回信的編輯便是當時《明報月刊》的執行編輯黃俊東先生。

我與黃先生從此建立起作者與編輯的關係。不過，這一關係始終止於書信往還，直到今天我也不曾有緣見到他。《明報月刊》發表過我那兩篇小說後，我往那邊投稿雖然不再寫「編輯先生」收，而是寫上黃先生的大名，但信中附的一紙便箋也只有寥寥數行，千篇一律地寫着：「黃先生：您好！奉上一小稿，請教正。」這麼兩行字句。

寄去的稿件都很快刊載了。而黃先生也只在寄稿酬來時，隨支票附上一紙便箋，上面以與我旗鼓相當的電報式語言寫着：「王小姐：您好！謝謝賜稿。請將支票回條簽回」，有時加一句「請繼續賜稿」。

我曾拿起那張信箋放到燈光下仔細察看：如此一絲不苟的書法、如此一成不變的字句，是否機器人所為呢？大概便是這樣的疑惑，讓有電話恐懼症的我，正好免了給他打電話之想，當然更不會想到上門去拜見他，請他飲茶吃飯之類。

後來，大約是在新世紀初吧，有一次我去上海探望辛笛先生，他向我打聽他的一些香港朋友近況：某某某新發表了甚麼作品？某某某身體還好嗎？等等，突然，我聽見黃俊東的名字：

「黃俊東還在《明報月刊》吧？」

「黃俊東？您認識他？」我驚問。

辛笛先生點頭道：「那年在香港與他有過一面之緣。他也寫詩，還是有名的書話家，出版過好幾本書話。」

我回到香港便去圖書館找黃俊東書話看。這才發現，原來早在七十年代黃先生就出版了三本書話。我從那些書話中得知，原來他還是藏書家。讀了他那些精緻優雅的書話，我對他更加高山仰止，不敢前去叨擾這般閒雲野鶴人物了。之後不久就聽說他離開《明報月刊》移民海外。我便也停止了往那間雜誌寄稿。

大約2006年吧，我在內地一張報紙上看到一篇有關他的文章，才知道了更多關於他的資訊，現將這篇署名為謝其章的文章節錄如下，權充黃先生的個人小傳：

> 黃俊東……生於1934年，廣東潮州人。黃俊東一直在香港生活工作，直到有一天，我們聽

董橋說黃俊東到加拿大定居去了，這大概是上世紀九十年代的事。這位六十年代就寫書話文章的藏書家，我們對他的瞭解很少，所知道的一些多是從董橋那聽來的，黃的身世卻一點兒也不知道。今天上午收到從舊書網買的黃俊東寫的《現代中國作家剪影》，這書有兩層護封，真是極少見的裝幀。拿掉護封，看到封底有黃的照相，旁有一行簡介，說他「在香港受教育(八達、培正、聯合)，現任明報月刊編輯」。這三個學校名字，培正我聽說過。黃俊東當編輯時期的《明報月刊》最好看，董橋和黃做過《明報》的同事。尤其要說的是，黃俊東還做過張愛玲《張看》的責編——「從初稿以至排印成書，都經過筆者處理」，黃俊東保留有張愛玲的親筆信，這些年這麼多回憶張愛玲的文章集成了書，偏偏漏了黃俊東這篇。

這三本書話書，按出版時間排是，《現代中國作家剪影》(1972 年，未標印數)、《書話集》

（1973年，印數兩千冊）、《獵書小記》（1979年，印數五千冊）。上世紀七十年代，內地尚處在文化空白期。我的搜求港台舊版書，重點即放在空白期那邊的出版物。黃俊東之書話於珍籍版本、人物掌故、藏書票、木刻版畫、西洋文壇，悉皆涉獵，各種不同品位的愛書人都可以從他的書話裏找到共鳴。黃俊東的書話可以從〈新文學作品的初版本〉，忽地跳躍至〈柳敬亭有話本傳世嗎？〉；從〈周作人晚年書翰一百通〉跳躍至〈食的學問和睡的問題〉；從〈魯迅作品在日本〉跳至〈西西里詩人郭新摩都〉；從〈從翻版書說到阿英〉跳至〈西班牙老作家阿左林逝世〉。我倒是覺得內地的書話作者在廣泛性和趣味性上，均不及黃俊東的自由自在。

黃俊東在1981年5月10日寫給上海教育學院中文系張炳隅的信中說到寫作《現代中國作家剪影》的初衷：「我的那本作家剪影的小書，其實寫得不像樣，那個時候，因為國內發生文革，海外很注意作家的消息，尤其是三十年代的作家，香港的報紙很少提起或介紹，我因為喜歡涉獵中國現代文學，所以在報上寫起一些小文章，目的在引起年青人的注意，後來有出版社要求出書，也就刊印成冊，內容很膚淺。」這是黃俊東的自謙之詞。

《書話集》印製的苦衷，黃俊東在「後記」裏說「在香港排印一本比較精美的書籍，並非易事，一般的印刷廠不容易接受零星的生意，如果要求排得特別一些，例如用的字體多一二種，印刷廠一定拒絕，就是肯答應，成本也貴得驚人，因此一般的書籍都排得不好看，便是這個原因。本書情商『建明印刷有限公司』代為排印，目的便是要印得精美一點，『建明』的設備較具規模，印書也較有高水準，不過這家印刷廠每天要印的刊物太多，基本上是沒有空間(閒)可印書籍的，所以僅能乘着一些短短的空隙時間趕着印一點點。這就是為甚麼本書要印一年多的緣故——那是幾十頁幾十頁積累下來的。」黃還說「這本書話集如不用虧本，出版者當會繼續排一本續集」。

所謂續集便是六年後出版的《獵書小記》。《獵書小記》是右開本，而《書話集》是左開本；《獵書小記》是豎排本，《書話集》是橫開本。兩書均有書影插圖，《書話集》的扉頁是董橋的題字，《獵書小記》則是阿五作的《讀書圖》，背面用了齊白石的《夜讀圖》。阿五畫的是漫畫，我覺得我們這裏沒有一幅漫畫能畫出讀書的氣象，大漫畫家都畫不出，漫畫很不適宜畫這種題材。姜德明先生的一本書，是漫畫家方成和徐進畫的插圖，並未為之增色。最近有位朋友也用漫畫為談書的書作插圖，我幾乎為之崩潰。

三本書話集的搜求，難易不同，各有來歷。《書話集》得之最早，是吳興文先生送我的。《獵書小記》於舊書網競拍得來，書主是香港經營古舊書牌子最老的歐陽文利先生，他知道我想念此書，便發短消息說先生儘管出價，不管最後拍多少錢，我只收你三百元。最終拍到六百元，我至今欠歐陽先生一份情。《現代中國作家剪影》，我先得一本於舊書網，拿到手後才看出是翻印本，出了很高的價，心中頗以不快，近日方一雪前恥。

我讀書往往取牽連法，即是說讀了該作者的書喜歡，便去搜羅他其他的書讀，直把他的書讀到山窮水盡為止。八卦起來仰慕的作家也如此，一旦對誰有了興趣，便非把他的來龍去脈去互聯網上「八卦」個清楚。更別說對黃俊東這等我崇拜並感激的神秘人物了。可我在書店網絡「上窮碧落下黃泉」了一番，也只查到藏書家、書話家黃俊東的兩三條信息，其中有一條倒是可作為謝其章以上那段文字的補白。

說是黃俊東的書出版之後好多年裏都賣得不好，以至他移民澳洲前家中尚存一百本《獵書小記》，他只得將它們捆成兩紮自提去舊書店寄賣，走到半路實在拎不動了，便把其中一紮棄於路邊垃圾桶。誰知九十年代書話之類書籍異軍突起，黃俊東的書話竟被熱炒。在網上動輒六七千港幣一本，而且是「見光死」，一上架即被搶走。

當年誰若在垃圾桶撿回那捆書，恭喜你！

那以後我上孔夫子舊書網又多了個目標，就是搜尋黃俊東書話。遍尋不得之餘，更加為自己竟與黃先生未有一面之晤而抱憾。

唉，就連我們往還的那些便箋，也在頻繁的搬家中一封也找不見了。這時我才驚覺，也許黃先生當時看到我的那些便箋，也與我有過同樣的疑惑吧：「這人難道是個機器人？」這樣一想，我心裏的遺憾，更變成了自責。

懷念大光

本來「大光」這個名字不是我有資格叫的，一般來說，無論從年齡、資歷、才具上看，我都應當叫他一聲前輩。但大光在我心目中從來不是一般人，屬於奇人一類。而且我總覺得，他有一種特別的才能，讓人一聽他開口說話就會忽略他的年齡和資歷直呼其名，如哥們，如好友。

我跟大光同事五年。當時我從一名鐘錶修理工破格調到《芙蓉》文學期刊作編輯工作，起先是臨時工，後來雖然正式調入，因只有初中學歷，沒有獲得哪怕最低級職稱的希望。他呢則是劇作家、南下老幹部，五十年代就是省文化局的處長級人物了。這些都是我剛到職時編輯室主任朱樹誠老師告訴我的。事實上編輯室當時只有四個人，就是朱老師、王大光、美編鄭大正，還有我。我來了好幾天都見不到那位老幹部老劇作家身影。對於這一情況，朱老師的解釋是「大光身體不好，在家看稿」。至於為何這般人物屈居於我們編輯室作普通編輯，他沒有說明。

第一次見到大光是個悶熱的下午。我之所以記住了這一點，是因為當時我正看稿看得昏頭腦脹，不知是爛稿太多還是天氣太悶熱，只覺心中陣陣作嘔。就在這時門外傳來一陣歡聲笑語，跟着門口就有個瘦高個子人物在一幫歡樂的人眾簇擁下出現了。

說也奇怪，我最先注意的是大光的眼鏡，不知道是那眼鏡太破，還是眼鏡後面的眼睛閃閃發光，兩者之不相匹配令我委頓的精神一振，為那眼鏡的安危擔起心來：「要掉了要掉了！」我心想。

細看之下便發覺我這第一感覺沒錯，這眼鏡真的很破，有條腿斷掉了，用根線吊着；不過除了我似乎沒人去注意這眼鏡，以及他那身灰不溜秋且不合身的幹部裝，大家都盯着他那叼着根香煙的嘴，只等着煙從嘴邊一拿開，他吞雲吐霧的同時，便會有一句兩句妙言謔語一起從那嘴中吐出，讓大家跟瘋了似地拍手跺腳前仰後合，笑倒了，笑壞了。他呢則站在那裏眯縫着眼，鶴立雞群般地，俯瞰着這群被他顛倒的眾生，不無得意地將煙又叼回到嘴裏。

笨嘴拙舌大悶蛋的我，最佩服這等機智幽默的人物，立時變成他的粉絲。何況大光的幽默不是一般的幽默，用犀利通透、一針見血來形容都不到位，聽在我那從小被陳腔濫調塞爆的耳中，真是駭世驚俗，振聾發聵。

我從小沐浴在馬列主義毛澤東思想的「雨露陽光」中，雖然私下裏也胡亂讀了些西方文史哲禁書，但正統思想觀念已經深入到我的血液骨髓。家人朋友們也都被一個接一個的政治運動整怕了，就連說一句「雞蛋又漲價了」這樣的話都會四周望望，互相警示：「小點聲小點聲！」可大光卻甚麼話都敢講，光天化日之下把這樣一些話大肆揮灑：

「勞動光榮？光榮個屁！要不怎麼一把你打成牛鬼蛇神就讓你去勞動，勞動人民當了官就不勞動了。」

「接受貧下中農再教育？在我家可是貧下中農要接受地主階級再教育。我是貧農的兒子，好吃懶做；我老婆是地主的女兒，吃苦耐勞。」

「坦白從寬，抗拒從嚴——反過來說就對了。」

他模仿才能一流，學誰像誰。有一次他去找社領導談恢復黨籍問題又碰了釘子，便想戲弄一下領導解解氣。回到辦公室拿起電話模仿省委宣傳部長口音給那領導打電話：「某某同志嗎，嗯，我省委宣傳部……」

有那「光粉」早已自告奮勇跑到那位領導辦公室去窺探動向，然後跑回來向圍在電話旁的人眾通報：「哈哈哈！老頭子一接電話就站起來了，一個勁點頭，頭都點脫哦。」

哈哈哈！哈哈哈！把一幫人笑得直滾。

會計一見他來上班了，跑過來催他還錢（他每個月工資都用不到月底要跟社裏借錢）。他不動聲色道：「等趙紫陽還了我的錢我就還給你們。」

會計大驚：「趙紫陽怎麼會借你的錢？」

「國庫券。那不是借我錢嗎？還直接就從我工資裏扣，問都不問我一聲。」

一位其他編輯室的老編聽說他來了也趕緊跑過來，他們是當年一塊關牛棚的難友，兩人見面二話不說，先背老毛語錄：「凡……是……反……動……的……東……西……你……不……打……他……就……不……倒……」

一字一拖，臉上還呈享受狀，好像每個字都是必須慢慢品味的美味珍餚，然後兩人互相拍打着肩膀哈哈大笑。

見我們一臉愕然，那牛友解說道：「我們關牛棚時，不准講話不准笑，一天到晚口都閉臭，只有早請示晚匯報時每人可以開口背一條最高指示。大光就發明這種背語錄法，延長下子運動舌頭的時間囉。」

大光就道：「王若飛在國民黨牢房裏又講革命道理又唱國際歌，讓他蹲蹲我黨的牢房試試。」

我想，大光從一個根正苗紅的紅小鬼老革命，變成這樣的思想通透，其間一定經歷過慘痛的蛻變過程。

那時我已知道了一點他的經歷。他少年時從河北老家參加解放軍，以文工團員身份經歷了三年國內戰爭。他多才多藝，不僅演得，還編得寫得，革命的道路上一帆風順，隨着解放大軍南下到了湖南，很快就成了省文化界的一個人物，寫出的劇本參加全國匯演得了獎。三十出頭就當上了省文化廳的處長。然而，這一切卻「一失足成千古恨」，用當時的話說是犯了「資產階級男女關係問題」；用他自己的話說是「拿黨票換了個好老婆」。

我是同情他的。一是感覺這是一個「不愛江山愛美人」的中國平民式版本；二是粉絲當然支持偶像。但我心裏不免也會跟別人一樣為他惋惜。他為此官位黨籍幹籍一擼到底，從處長變成工人。文革中更首當其衝被打成牛鬼蛇神。文革後其他牛鬼蛇神都平反了，唯獨他因為堅決不承認自己的錯誤，還老是拿國家領導人的同類問題為自己辯駁(「只許州官放火，不許百姓點燈！」)，連黨籍也恢復不了，更別說官復原位了。他表面上滿不在乎，心裏卻是難過的。把大家逗得哈哈笑之餘，他自己並不笑，眼鏡背後的眼睛常常是憂鬱而失落的。

我那時在編輯室工作得也很不開心，頭一年還好，後來社裏分房給我也分了一套，就有那沒分到者不爽。尤其是編輯室新調入的一名研究生，是那種正事不幹、專愛挑事撥非的攪屎棍人物。算我倒楣，跟他分到了一間辦公室，我就近水樓台先得禍了。

第一天見面，他開口就對我罵他的前同事古華。我那時對他的陰暗心理和整人本領還盲無所知，只感莫名其妙：我跟那位大作家素不相識，只在編輯部見過一兩次面而已，印象頗好。現在這人對我講這些幹甚麼？便說了一句：「是嗎？不管怎樣他那部《芙蓉鎮》還是寫得蠻好的。」

這下不得了了，從此這傢伙的鬥爭矛頭就轉到我頭上了。他四處造我的謠，大事小事給我使絆。我的日子開始變得十分難過。同事們當然犯不着為一弱女子得罪一強人，就連一直提攜我的恩師朱老師也保持沉默。二十年後我才知道，那傢伙造的謠中最惡毒下流的一條就牽涉到他，他為了避嫌只好勸我忍讓。

終於，在編輯部一次會議上，攪屎棍公然發難了，說他之所以工作沒有積極性，是因為社裏不給他分房，沒學歷沒資歷的人都有宿舍住，他一個研究生倒要租民房住，「沒辦法，我們又不會討領導喜歡。」他冷言冷語道。

血一下衝上我的頭，但我張口結舌欲哭無淚。天性懦弱無能，自知一下子從社會底層躍入這高級文化圈，自身條件樣樣不如人，被人欺負好像也是理所當然，何況是這麼個連傳達室大媽都被他滿口粗言穢語罵倒的渣男，我能怎麼樣？

這時，我聽見了大光的聲音：

「你是講小王吧，她分到房的時候你還沒調來。而且她這麼勤快肯幹，一天到晚不歇氣地看稿，我要是領導我也喜歡她。」

我驚呆了。因為萬萬沒想到援軍會來自大光，第一他跟朱老師之間有些誤會，相處並非十分和諧；第二他跟我平時話都沒講過幾句。他那麼多崇拜者，輪不到我跟他說話，他談笑風生時我只是在一邊跟着大家傻笑而已，我都以為他不怎麼認識我。

我太感動太感激了，以致完全忘記了之後的場面，回想起來，大概那場風波就此平息了。畢竟，大光的資歷威信人望擺在那裏，就連局領導也得對他客客氣氣，潑皮牛二自知不是對手，望風披靡了吧？

那以後，我開始跟大光有了些私人交往。比如社裏分了西瓜木炭之類的物資，我便自告奮勇幫他送去他家。聽說他來辦公室了，我總要跑過去看看他，跟他說幾句話。

有一天，我走進他那間辦公室，見他獨自坐在自己桌邊抽着煙，一臉的落寞沉鬱。

我知道他又是去找領導談他的黨籍問題了，而且又是沒有結果。

屋子裏沉默得讓人心裏一陣陣發緊。我拿起熱水瓶給他的茶杯續水，吶吶道：「其實……大家都……特別羨慕你。」

那時我跟他妻子也成了朋友，那是一位非常美麗非常善良的女子，才華橫溢，曾經是省花鼓劇團的頭牌花旦，李谷一也得叫她一聲老師。就因為跟大光的結合再加上出身官僚地主被趕下舞台。可她仍然總是樂呵呵的，家中雖然家徒四壁，她卻永遠一臉幸福妻子的滿足，跟大光倆夫唱婦隨，是有名的模範夫妻。

話說大光聽了我這話，卻苦笑一下道：「『其實』『大家都』……唉，小王，撒謊你功夫還不到家。」

「真的！我真的特別羨慕你。」

「你？那還有可能。」大光道，我心裏一驚：難道他已覺察出我的婚姻已經出了問題。

大概他感覺自己也用詞不妥，解釋般地又道：「我的意思是，我自己也覺得這是我這輩子走得最對的一着棋。我不後悔。我只是嚥不下這口氣。」

「是嗎。」這是我的口頭禪，放到這裏得打句號。但大光顯然給打疑問號了，他肯定地道：

「當然是。我從來沒有後悔過。你想想，我們一天二十四小時，上班八小時，剩下那一大半的時間都在家裏，所以家人最重要，老婆尤其重要。我看到那些文革中自殺者的故事就會想，他們要是有我這麼個好老婆就不會去死了。真的，要不是我老婆，文革我一定挺不過去。每次那幫孫子批鬥我，我老婆就會想方設法在家裏整兩個菜弄兩杯酒等着我回家，我回家一看這場合，再大的苦也不算甚麼了。他們讓我掃大街，我老婆就拿把掃帚在我對面掃，掃完還要幫我扛掃帚。我們女兒出生時，我頭上頂着好幾頂帽子，個個醫院都不收她。她都發作了我們還滿街亂跑找醫院，天寒地凍的，她疼得站都站不直了，還一直強裝笑臉跟我說沒事。後來總算有個接生婆收下她了。可因為是地下經營，叫她忍住疼不要出聲。她就真的從頭到尾一聲也沒吭。」

「是呀！」我道，「她真的比辛普森夫人還要高貴，區區黨票比起她來算甚麼，所以你其實是最幸福的人。」

「嘿嘿，也是。」

後來，當我驟然聽見大光去世的消息，心中立時呈現那日辦公室長聊的場面，那是我們談話最多最深入的一次。但我還是覺得有很多很多的話沒有說，說出的話也大多詞不達意。不過轉念一想，以我當時的認識水準來說，又能說出甚麼讓他覺得貼心的話呢？又怎麼能夠安慰得了他呢？

遠在香港，我沒法去參加他的追悼會，只能寫篇文章〈哭大光〉，發表在報上了。今天再拿起來看看，卻覺得非常不滿意。那篇文章把他當成一個失意者來悼念，為他不值，為他不平。其實自命脫俗的我，骨子裏還是俗，因此才會有那一世俗的看法。

大光他其實是一個最成功的人，一生活得瀟灑率性，得以跟自己最愛的女子廝守終身。他們的兩個孩子也都成了才，且都事父母至孝。他把自己的一生活成傳奇，就連追悼會也開成了傳奇。出版社老同事們告訴我，追悼會上，不止他自己的兒女為他哭泣，不止他的兩任妻子為他哭泣，她們的五個兒女——前妻與她後夫的兒女、現妻與她前夫的兒女——全都到場，全都為他同聲一哭。他死的時候還是家徒四壁，沒給兒女們留下任何財產，可他給他們留下了一位父親能留給兒女的最寶貴精神財產：他的風骨，他的愛。

陳公一路走好

人活到了一定的歲數就會發現，身邊的親朋好友一個個地走了，走到另一個世界去了。最開始時是「驚悉」，而漸漸地就不那麼「驚」了，或者可以用「靜」來替換。平心靜氣地接受噩耗，平心靜氣對那走了的親友說一聲「走好」。而這一聲「走好」裏，大抵有「您先走一步我隨後就來」的意思。

聽說陳炳良教授鶴歸的消息，我的第一反應便是如此。算算，最近幾年光是悼念文字我就寫了四五篇了，逝者年齡還都比我長不了幾歲，只能算是同輩；而陳教授，不論從年齡上看還是從資歷上看，我都是應當叫一聲「前輩」的。

清楚地記得我第一次見到陳教授是在 1991 年。那時我從內地來港不久，在報社作副刊編輯，年紀尚輕，在大學裏學的是文學，便有點不安於這份不文學的工作，嚮往更文學一點的工作。有一天跟剛結識的文友也斯先生談及此事，他便熱心道，陳炳良教授新任嶺南中文系主任，不妨請教一下陳公（他當面背後一直這樣尊稱陳教授），看看他們那裏有沒有可供應聘的教職。

於是約好餐聚。好像還是陳公作東。是在灣仔的一間飯館。我按時前往，但進去時已見也斯跟一位淳淳長者坐在一張小飯桌後敍談了。其實那時陳公也不過五十多歲，但他面容端肅，自有一種令人肅然起敬之風，讓本來就怕見生人的我，不由得有幾分忐忑。心也噗噗地亂跳起來了。誰知接談了幾句之後，便發現其實他竟是那種「其貌也洶洶，其言也洵洵」的忠厚長者，言詞溫和，話語實在，十分平易近人。接過我帶來的幾篇「拙著」後，他即時翻閱，跟着便點頭對我道：「哦，你也寫了不少論文嘛，這就好。大學裏是比較注重學術寫作的。將來應聘教職，要考察的重點是你學術寫作的能力。這方面若是欠缺，就算是應聘成功，以後保住教職也是很吃力的。」

後來有幸成為陳公部屬，我對陳公這種言簡意賅的指教更是受益良多。當年我是以初中文憑的同等學歷考入大學讀研究生的，畢業後又一直在出版社工作。在大學學習的時間一共只有三年，別說給人上課了，聽課也不超過十堂，對大學上課的情況很不了解。尤其對香港大學裏沿襲於英美大學的導修式授課方式一無所知。求教於陳教授，他總是三言兩語便指出重點，令我很快就適應教學，走上正軌。

在陳公治下工作，印象特別深刻的是他「無為而治」的領導風格，大概在內地生活得久了，我習慣於「綱舉目張」，即是說作甚麼事都要在「正確」思想的指導之下，尤其是關係到舞文弄墨教書育人這等大事，舉手投足都是要秉承時政精神和領導意志的。第一學期備課之前，我便向他請示：有甚麼思想主導嗎？教學方針方法上有甚麼規條嗎？哪些東西講得，哪些東西講不得？參考書方面有甚麼限定嗎？

陳公當下一言以蔽之：「甚麼限制都無，你只管自編自導自演。」

見我一臉愕然，又解釋道：「不聞陳寅恪先生之名言乎：獨立之精神，自由之思想。要說我們教學有甚麼宗旨，這就是我們的宗旨。」

我雖非初聞此言，但當時當地從頂頭上司之陳公口中聞之，真有醍醐灌頂茅塞頓開之感。我後來果然自編教案，與學生一道操練，竟成書兩冊。一曰《傳媒寫作教程》，一曰《散文十二講》。對陳公之教導，不惟在此後十二年教書生涯中，便是在至今的寫作生涯中，也是時時銘記，奉為圭臬的。只是越來越感應許容易奉行難。時時檢點，深恐有失，有負我公。

嗚呼哀哉！陳公一路走好！

信是有緣
——漫記劉醫生

那天在波斯灣，我們的郵輪正在靠向一個安曼小鎮海賽卜，我和旅伴站在電梯大堂，一邊等待下船，一邊討論着她的感冒和牙周炎：「要是在香港就好了，」我說，「我帶你去找劉醫生。我的病都是她和她先生譚醫生治好的……」

「有人叫你。」旅伴打斷我的話道，「快朝右邊看！」

我的第一反應是盯住旅伴看，以分辨她是真人還是夢中人。這可是在波斯灣哦！除了她不可能有人認識我。可我朝右邊一轉頭，奇蹟發生了！我看見了那個剛才正跟朋友提到的人物，劉醫生。

「劉醫生！」我朝她驚喜地大喊，眼睛都要瞪出來了，因為不能相信這輩子竟會遇上這樣天方夜譚式的事情，說誰誰現身：「劉醫生你怎麼在這裏……」

話沒落音，我就看見了她的另一半譚醫生那張憨厚的團團大臉，出現在她身後。

「我們全家一起出來旅遊。」劉醫生說話了，好像一點也不覺得這一巧遇有何稀奇，「我喜歡坐郵輪，郵輪遊沒那麼辛苦，比較適合長者。」

她笑吟吟的，那副平和安穩的神情，就像此地不是波斯灣，而是他們位於香港北角那間鬧中取靜的診所。

而我也情不自禁變回病人的角色，馬上向她傾訴：「我朋友感冒了，咳嗽，還有點低燒……」

別以為我是在寫小說，以上情節句句屬實，且有相片為證。

哈，信是有緣。似乎只有這四個字可以解釋。

我從小就病多，醫院和醫生成了我的噩夢，兇巴巴的面孔、冷冰冰的目光、手拿針筒逼近過來的白色身形，令我成年後便把醫院視為畏途，只要不是面臨生命危險，避之則吉。到了香港更是如此，人生地不熟，語言不通，有病都是到藥房買點藥吃。那次跟一位長沙老鄉初次見面，她見我咳個不停，還不時手按太陽穴呈痛苦表情，便對我道：「感冒了吧？我介紹去見你一位好醫生。」

「不用不用，我最怕醫生。」

「這位醫生真的好，醫術高明，心腸特別好。」

「真的？」

「真的。我從沒見過她這麼好心的人，還是咱們長沙老鄉呢。」

她就給我講了她和劉醫生相識的經過。

當年她從長沙移民香港。口袋裏只有一百多元港幣和一張寫有一個電話號的紙條。一位親戚把這紙條給她，說是「這位劉愛珍醫生我也多年不見了，不過她人特別好。你實在沒辦法就打個電話過去試試。」她到了羅湖連買票到哪個站都不知道，便打電話給劉醫生。劉醫生竟道：「這麼晚了，你一個單身女孩？那先來我家住下再說吧。」這一住竟住了一個月，一直住到她找好工作又租好房。

雖是聽朋友這麼說，去見劉醫生我還是有點誠惶誠恐。可是一走進診所，面對她那張美麗端莊的笑臉，聽到她溫和安撫的聲音，心便安了很多。再一交談，還是我長沙周南女中的校友哦！竟連咳嗽也沒先前那麼兇猛了，頭也沒那麼痛了。難道書裏面那句話竟是真的：醫生的一張笑臉就是最好的良藥？

反正，信不信由你，就是這麼看了一次，吃過三天藥，折騰了一兩個月的感冒就好了。並從此改變了我對醫生的成見，也從此開始了我與劉醫生二十多年的友誼。二十多年來，我的病、我家人的病都是他們夫婦二人治好的。以至於我從一個極端走到了另一個極端，以為全世界的醫生都像他們一樣好。要不是這回遭車禍給救護車送到公立醫院，體驗到公立醫院那些醫生冷漠的治理，還真的從此便在「醫生」與「上善若水」之間畫上了等號。

從波斯灣回來後，我把我們在郵輪上的照片作成影集傳給劉醫生，還想附上一篇文章，以表達我多年來的感激之情。卻發現這篇文章很難寫。因為要寫的事太多了，紛至沓來，一不小心就會變成濫情的流水賬。身為一名寫作人，我知道這是念人憶事文章的大忌。

今天我讀《回憶普魯斯特》，突然覺得茅塞頓開。書裏有個細節，講到這位法國大文豪有一天跟朋友去酒樓吃飯，吃完飯大家都要出門了，普魯斯特往店堂深處瞟了一眼，匆匆跑過去。只見他跑到一名侍應面前，將一張紙幣塞給他。「剛才給小費時我沒看見他。」普魯斯特對朋友解釋，「可憐的人，他會以為我不滿意他的服務。」

我想起有一次我跟劉醫生飲茶，也碰到幾乎一模一樣的場面。我們要加水，明明旁邊就有一位阿嬸，劉醫生卻非要起身到大堂那邊去找另一位阿嬸，過了會兒，只見她手拿兩張粽子券回來了，對滿臉驚異的我解釋：「這裏個個人我都幫襯過了，獨獨沒有幫襯她。她會不開心的。」

「那你家裏不是很多粽子券？」

「是呀，」劉醫生道，「我有位朋友在老人院作義工，正好可以拿去給老人家。」

朱老師

一

第一次見到朱老師是在位於湖南展覽館對面的《芙蓉》雜誌編輯部。緣起於我寫了篇小說投去那間他主持的文學期刊。那是在八十年代初，文學在中國揚眉吐氣的年代。物極必反，剛從一場文化浩劫中掙脫出來的全國人民，陷入到一場空前的文化狂歡。我當時所在的那個小鐘錶廠裏，大字不識幾個的工人也談論起報刊上新發表的傷痕小說，我那位吃份兩毛錢肉菜也要計算半天的師傅，竟也花上五毛錢買票去看話劇《於無聲處》。車間裏有位鬢角灰白五音不全的大叔，一天到晚哼唱着《劉三姐》，年青時便是劉三姐迷的他，《劉三姐》解禁之後，連看了十一場。

文化程度高一點的，年紀更輕一點的，便會跑去郵局爭訂雨後春筍般破土而出的各種文學期刊。一時間好像大家都變了文學發燒友，每有一篇情節比較奇特的傷痕小說出來，立時就會變成青工們的熱門話題，平時從不讀書看報的小青年，也能把那盧新華、劉心武、孔捷生等傷痕小說家的名字如數家珍。

一直在偷偷練筆的我就更不用說了，不止把到手的文學期刊從頭看到尾，還記下版權頁上的編輯部地址，將我那些寫在各種紙片上的小說裝入信封，貼上郵票，收信人處寫上「編輯先生收」，一一投寄出去。不用說，這些投稿基本上都泥牛入海無消息，偶爾收到一個薄薄的信封，裏面裝着的一張六十四開印刷退稿信，都會讓我反覆看上好幾遍，試圖從那千篇一律的官樣文字中讀出一絲溫暖和希望。

投去《芙蓉》的那篇小說我還記得，寫的是我一位學姐，她曾是我們那所中學的女神級人物，卻慘死於文革的階級迫害中。小說是模仿着時髦的傷痕文學章法炮製的。雖說自以為在煽情方面可與那類小說一爭高下，但經歷過多次失敗投稿經驗的我，投出去之後也就把它置諸腦後了。

不料有一天我在我的工作枱上看到那封印有「湖南人民出版社」字樣的信封了。

拿在手裏一掂，我便精準地判斷出，這份量不似裏面只裝有一張薄薄的印刷退稿信。打開一看，果然是一張比印刷退稿信大一倍、紙質也厚些的出版社信箋。上面雖然也只有寥寥數行字，卻是手寫的。而文字下面的落款也不是虛無飄渺的「編輯部」，而是實實在在的一個名字：朱樹誠。

我曾將這封信保存了多年，最後還是在頻繁的搬遷中丟失了。不過信的內容我早已深記於心，包括朱老師那一筆渾圓流麗的書法：

「大作拜讀，似不合本刊刊用。但感覺你寫作基礎不錯。是否還有其他作品呢？如有，不妨攜作品親臨編輯部面談。」

多年以後，我讀美國作家愛米麗・哈恩的傳記，讀到她第一次投稿《紐約客》、驚喜地收到主編哈羅爾德・羅斯邀其去編輯部面談的那一節，腦海裏便立刻湧現當年朱老師在編輯部接見我的情景，當時的種種，歷歷在目。我想，後來我決定寫作那本傳記紀實作品《項美麗在上海》，就跟這一聯想不無關係吧。

多麼奇異的巧合！羅斯在那封信裏也邀項美麗攜她的其他作品來編輯部面談，項美麗也是以朝聖者的心態誠惶誠恐去到《紐約客》——那間當時美國家喻戶曉的文學期刊。她「膽怯地坐在椅子邊邊上……感到膝蓋在發抖」。可是她立即就安下神來，因為那位一手創辦了這一期刊的主編羅斯「平易近人，待她相當親切」。他告訴她：「年輕人年輕人，你有了不起的才能，你可以寫得比其他任何作家好……加油！」而且，讓這位外省女孩作夢也沒想到的是，羅斯當即邀她作《紐約客》特約作家，從此開始她與《紐約客》長達六十七年的不解之緣。而她的命運，也便從此改變。

這一切彷彿是我當年在《芙蓉》編輯部見朱老師情形的摹寫。那一年，《芙蓉》剛剛創刊不久，才只出了兩期，便已躋身於當時全國最有影響力的大型期刊之列，與《花城》、《鍾山》、《清明》並列為全國大型期刊四小龍。第一期的中篇頭條〈甜甜的刺莓〉和第二期的中篇頭條〈在沒有航標的河流上〉均獲全國中篇小說獎。可是當我走進那間有「芙蓉編輯室」掛標的房間，卻驚異地看到：所謂《芙蓉》編輯室，其實只是空蕩蕩的一間辦公室。裏面擺有兩條以三張辦公桌拼起來的工作枱，枱面上堆滿了一疊疊稿件，每疊都有半米高。而埋頭於這些稿件中的，只有一個人，那就是朱老師。

朱老師當時的頭銜是《芙蓉》編輯室副主任，室主任告缺，而成員則除了他只有一位，是位年齡資歷級別都比他高、經常處於病休狀態的老編輯。所以朱老師差不多是光桿司令，不得不一手包辦從欄目策劃、組稿、看稿、編稿乃至編務的全部工作。我被借調到編輯室成為編輯室第三名成員、自己也整天沉陷於堆積如山的來稿中之後，才明白朱老師在那樣一種情況下，竟然從來稿中發現我那篇並不成熟的作品，難度有多麼大。居然還給我親筆寫回信，並約我來談，那需要怎樣的一種敬業樂業精神！

記得那天，當我走進那間空曠的辦公室，看見朱老師那顆已呈謝頂之勢的大頭從堆積如山的稿件之中冒出來轉向我時，因緊張而心驚膽戰的我，恍惚中好像看到了一位彌勒佛似的人物，正從他那寶座上俯瞰着我，而且竟然開口向我說話，而且怕驚嚇了我似的輕言細語，他操的是一口帶鄉音的普通話：「你是王璞？請坐，坐。」

我感到那顆砰砰亂跳的心在胸口安定下來。彷彿一名經歷過了漫長跋涉、行到山窮水盡處的旅人，終於看到一張親切的面孔在前方出現。我憑本能知道，柳暗花明又一村的境界成為了現實，這個人，他將帶領我走出這片迷津，他將是我的嚮導、老師、朋友。

朱老師後來不止一次告訴別人，我當時的神色有多麼驚惶，目光有多麼慌亂，其實對一名社交恐懼症患者來說，那已是我最好的表現了。我自己記得的卻是，我相當沉穩地落坐在他辦公桌邊的那張木椅上，心安理得地接過他遞過來的一杯茶，然後，以一種抵達者的神情，氣定神閒地看着他翻閱我帶來的手稿。

而且，幾天之後，當我一如平常坐在八角亭那小小的鐘錶修理店、埋頭修理一台電子鐘時，一抬頭，竟然看見朱老師站在門口對我點頭微笑，也並不十分驚異，聽到他對我說：「借調你去我們編輯部工作一段時間好嗎？」，也並沒有興奮得昏過去，而只是大力點着頭，說了一聲「好」。

後來，朱老師使出渾身解數，過五關斬六將

地把我從那個集體所有制小廠正式調到出版社、讓初中學歷的我破格作了編輯時，我也理所當然地接受，從來沒對他有過任何感謝的表示，沒請他吃過一頓飯，沒給他送過一份禮。在任何公開的和私人的宴席上，沒給他敬過一杯酒，甚至都沒有當面對他說出一聲「謝謝」，以時下流行的關係學角度來看，簡直是一種不知好歹匪夷所思的行為。

二十多年之後，有一天我在他家遇見唐浩明——長篇歷史小說《曾國藩》的作者。那天我們都是朱老師家的座上客，吃着朱老師夫人楊老師做的一桌子美味家鄉菜，喝着老白乾，唐先生對我講着他是如何在朱老師引導下，將一篇五萬來字的小說稿變成一部一百二十多萬字巨著的經過。「那是我這輩子第一次寫小說，」唐先生對我道，「當時我甚至不知道那算不算小說，只是想把我多年研究曾國藩的資料利用一下而已。沒想到朱老師看了稿馬上把我找去，肯定地告訴我：這不僅是小說，還具有成為一部長篇小說的基礎。沒有想到就真的寫出來了這麼一大部長篇……」

朱老師在旁邊笑瞇瞇地聽着，看着他臉上那天真的得意神色，我心中一動，驀然想起當年一個似曾相識的場景：我去上海領了《萌芽》小說獎回來，把獎狀拿給他看時他臉上的那副笑容。彷彿那是他自己的獎狀一樣，他認真地看了又看。想到這，我竟感到心中那一直梗在那裏的歉疚感在化解了。我自寬自解地想着，原來這多年我之所以沒向朱老師表示過感謝，只是因為，我覺得世俗的所有感謝形式都會玷污朱老師為我所作過的那一切。在《芙蓉》編輯部工作五年，身為他的部屬，每天目睹他荒廢自己的寫作，付出全部精力為那些有名無名的作者們嘔心瀝血，我最初的熱烈感謝反而漸漸淡了：原來這一切在他身上出自天然，作為編輯是天經地義，因為對於編輯來說，最大的感謝就是發現好稿，發現好作者。

這一理念在我心裏植根，如此的根深柢

固，我後來雖然沒像朱老師那樣為雜誌為作者犧牲自己的創作，但也竭力認真處理每一份來稿，便是跟從了他的榜樣。直到世風日下、許多雜誌淪為商場的現在，我依然固守着這一原則。無論作為編輯對待作者，還是作為老師對待學生，都盡忠職守。我想，就是因為前面一直有着朱老師這根標杆。

在《芙蓉》工作的那五年，我麻煩事不斷：結婚、生子、分房、生病住院。那個時候，我突然從社會底層躍入我一直嚮往的知識文化階層，對其中的種種齷齪和凶險還沒有充分認識，因而對自己遭逢的一連串打擊承受不了。有時不免在朱老師面前有所流露。朱老師一般都沉吟不發一語，最多淡淡說一句：「算了，把精力放在多發好稿多寫好作品上吧。」我心裏竟有些不滿，以為是打官腔或和稀泥。漸漸地，便跟他有些疏遠了。

再後來，家中後院起火，在社裏又無端被一名「攪屎棍」人物追殺，便下決心以考研究生的方式離開。而朱老師此時雖然「人也多了槍也多了」，麻煩卻也多了。處於「人怕出名豬怕壯」的尷尬狀態，需要支援。我卻還是以一種「自尋生路去也」的心態去報考。原以為朱老師會生氣，阻止：花了這麼大力氣調來的人第一個棄他而去。但朱老師仍是沉吟着聽完我的述說，點點頭說：「也好。」

那時我還一心沉陷在自己的泥淖中，無暇想到朱老師的泥淖，我想，朱老師他那麼博學多才足智多謀，自有辦法去應付那些麻煩的吧？拿到研究生錄取通知書的那天，我與高采烈跑去拿給他看。仍然是那間大辦公室，仍然是堆積如山的稿件。雖然每張桌子都有了主人，每張桌子旁邊都放着各人剛分到的西瓜蘋果木炭甚麼的，但仍然是他一個人坐在那裏，臉上雖仍然是那副沉吟的微笑，我卻驀地感覺，那沉吟中有了幾分寂寞和無奈。

那時我已經知道，早在七十年代後期，朱老

師作為「打倒四人幫」之後脫穎而出的最早一批文學新人，已在湖南文學界嶄露頭角，一篇報告文學得獎，一部電影劇本被瀟湘電影製本廠看上，把他從新化縣文化館調來改編。從此也許就作專職電影編劇了。誰知陰差陽錯，一日路過出版社，遇上一位老友，說是不如調來這裏，可以解決電影製片廠解決不了的妻子調動問題，他便到了出版社。正趕上《芙蓉》創刊，局領導委他以大任，他便一頭扎了進去，投入自己全部精力和心血，再也無暇顧及自己的創作。眼見一個個當時的文友和後來的新秀從自己主編的雜誌起步、騰飛、成大名、變大家，他會否悔不當初呢？現在又眼見自己一手拔擢的助手拍翅而飛，他心中作何感想呢？

可是朱老師看着那份通知，臉上綻發出由衷的喜悅：「太好了！」他道：「祝賀你！」

他的聲音仍然跟當年一樣溫和誠懇，我卻不能跟當年一樣興奮地直視他的目光了。這些天來，我第一次發覺他的難處我的自私：這是不是一種忘恩負義？或竟是一種叛逃？

「我……」我嚅嚅地道，「其實我也不想……」

我想陳述一下自己非走不可的理由，借機也發洩一下這幾年憋在心裏的怨氣，然而朱老師打斷我道：「我知道我知道——現在好了，你趕上了最後一班車，有了這個深造的機會，太好了，太難得了。你可以好好讀點書，好好寫自己的東西了。」

記憶中都是這樣一些鼓勵的話，我最終沒機會跟他吐出對那些人事的怨恨，也竟無從說出一直想向他表示的感激。此時我便體認到，在這樣的一份深恩重義面前，任何語言都是蒼白無力的，表述不了，承載不住。我想，我只能用一生一世的為人行事來回報：好好作人，努力寫作，作個像他那樣的人，寫出他期望我寫出來的好作品。

後來，我得知他竟調出了《芙蓉》。那大約是九十年代末期吧，《芙蓉》已經奠定了在全國大型期刊中的老字號地位，可是一手打造了這一雜誌的他，卻激流勇退，自動要求調離《芙蓉》回文藝室作編輯。我得知消息後，私心以為他是遭到了排擠，那時我已遠去他鄉，日日為稻粱謀，想着要寫封信問問原因，表示一下同情和聲援，然而也竟從未落實。因為忙，但主要是因為不知如何動筆。以我對朱老師的了解，這話怎麼說都像是對他的輕侮。我最終沒有寫出這封信。

又過了幾年，便看到媒體上對《曾國藩》這本書的熱議了，又突然接到一位老朋友的長途電話，說是請我為她弄一套這書。

「為甚麼找我？」我驚問。

「聽說這書的責任編輯就是你的恩師朱老師呀！」她道。

「朱老師就是朱老師，不管到哪裏都會發光。」這是我在聽到這話時第一時間想到的話。

車站
——憶也斯

說到車站，美孚新邨大概是全香港最多車站的地區了，擁有一個包括西鐵站在內的地鐵樞紐站就不說了，光是巴士站就至少有四個，百老匯街這邊有一個，吉利徑那邊有三個，天橋下面更有一個佔地數千呎的巴士小巴總站。每個巴士站都一溜好些個站台，每個站台又立有好些個站牌，每個站牌上標有好幾路車，從三到十數個不等。這麼說吧，直到我搬離美孚，我還沒有搞清楚，此地到底有多少條巴士和小巴線路，印象中，從這裏到港九和新界的任何地方，都可以找到多種抵達方法。

一個星期至少有三天，我站在百老匯街巴士站的車站等車去位於屯門的嶺南大學，因為校方規定，不管有課沒課，教師每周至少要有三天在校，備課或者見學生。從這個巴士站直達嶺南大學校門口的巴士有兩輛，67X和69X。它們分別位於兩個站台。我就站在兩個站台之間的空地上，哪輛車先來就往哪邊跑。

也斯第一次去嶺南大學，我跟他就是約在那裏碰頭。頭天系主任陳炳良教授告訴我，也斯要離開港大來嶺南了，明天先來學校跟大家見見面，「你給他帶一下路吧，」陳教授道，「他在交通方面特別糊塗，沒人帶的話，不知他會跑到甚麼地方去。」

我一點也不覺得陳教授的話誇張，因為我有一次親眼見到這位詩人送人去機場，卻把人家送到相反的方向去了。那天，詩人宋琳從上海去巴黎途中路過港島，我約了也斯、黃燦然和他在旺角一家飯店相聚。宋琳拖着個行李箱，說他吃完飯就直接去機場：「他們說這裏離機場很近。」宋琳道。

那時候機場還在啟德，從旺角過去車程也就十多分鐘而已，乘巴士堵車的話也不過半小時。可我是個緊張的人，提前三小時就開始催宋琳動身，也斯卻不以為然：「急甚麼？」他安撫我道，「你放心好了，等下我送他去。」

說完這句話，他就又繼續剛才被我打斷的話題。他們三個都是詩人，聚到一起有說不完的話，尤其是也斯，他與宋琳八十年代中期在華東師大見過一面，同為熱衷於現代城市書寫的詩人，他們當時似乎就這一話題展開過熱烈討論，所以這天一見面也斯就立即接着這個話題大談特談：

「你那天說的話很有道理，不過我倒有個新想法……」也斯說，口氣好像他們不是分別了十幾年才剛剛見面，是昨天還在一起飲酒論詩來着。

奇怪的是，宋琳和黃燦然也不以為怪，也立

即進入狀態：

「波德萊爾……」

「本雅明……」

「都市拾垃圾人……」

如此這般的一些話語，從他們口中爭先恐後地吐出來，滔滔不絕。

當然啦，詩人就是這樣的，他們活在虛幻的世界。但總得有人幫他們操心眼前的現實事務是不。我雖然也對本雅明甚有興趣，卻沒法集中思想聽他們的談話。因為我得為他們把握時間，宋琳要搭乘的是國際航班，萬一誤了機麻煩大了。

「喂埋單！」我終於不由分說地起身招呼侍應，同時對那三個沉陷於神聊之中的詩人晃動手腕上的錶，「喂！只差兩小時三十分了，一定要動身了！」

「好吧好吧，」也斯無奈地朝我一笑，「你太性急了。一刻鐘的車程而已，一定來得及。」又回過身對宋琳道，「奧登有一首詩是這樣寫的……」

也許這是他登上那輛巴士時說的話吧？我記不清了，我記得最清楚的，只有他神叨叨地不停地說着這詩那詩的形象。車子開動了，他還在一徑說着說着。突然我想起剛才只顧忙着催他們上車，連車號也沒有看清楚，「喂等一等！」我朝也斯大喊，但車門已經關上，車子已經啟動。

車子搖搖晃晃地往一堆亂糟糟的巴士陣中擠，車後那個明晃晃的車號閃呀閃的，我心裏一震，跺起腳來：「糟了糟了！」

「怎麼回事？」黃燦然驚問。

「他們好像上錯了車！」

「那你剛才怎麼還大力把他們往上推？」

「我見也斯那麼快地往上走。我以為他看清了……」

我沒把話說完，因為我想起來黃燦然也是個詩人，看他那一臉茫然的神情，大概也還沉浸在詩的世界，連自己為何站在這麼個鬧哄哄的車站也不太明白吧？

跟也斯約在美孚新邨一道去嶺南的頭天晚上，我在電話裏仔細交代他：「美孚新邨巴士站就在永安公司旁邊，老遠就看得見那塊永安公司的大招牌。你見到那招牌就下車。千萬不要在大快活那一站下呀，那是荔枝角站。」

可是約定的時間已經過了十分鐘，才看見那個永遠匆忙的身影從荔枝角那邊衝過來，「他還是下早了站吧？」我心裏想，一邊急急向他揮手：「這邊這邊！快！快！」

因為我看見一輛 69X 路巴士開過來正在埋站。不待他回應，我便逕自往 69X 路車站跑去。

「不用這麼急嘛，」也斯一邊跟着我上車，一邊不無調侃地笑道：「不會又看錯了車號吧？」

「怎麼可能！我天天坐這個車。上次你和宋琳坐錯了車可一點也怪不着我噢！我以為你是老香港……」

「不怪你不怪你，還好你性急，讓我們有時間坐回頭車——你聽我說，」我們還沒有在座位上坐穩，他就急急忙忙地說起來，「剛才在路上，我正在想着一個有趣的設想，其實也是我多年的願望，開一門文學創作課，你覺得怎麼樣⋯⋯」

他說呀說的，每次見面他都有新的話題迫不及待要說，有時是一個理念，有時是一本書，有時是一些思路，當然都是關於文學的。我自己也是被人叫作「文學發燒友」的，可在他面前就小巫見大巫了。而且我總是不知不覺就會被一些俗事搞得心不在焉。那日也是如此，窗外的風景從海景轉到樓宇和街道，這意味着車子已經下了高速。我開始走神，不時看着窗外，又不時看錶。我擔心坐過站，後悔沒有把時間定得更早一點，那樣即使坐過了站也不要緊，可以再坐回來。見面會遲到了可不好，陳教授再三叮囑了的。

「不對不對！」我突然驚叫。

「怎麼啦？」正說得興起的也斯也一驚，「你覺得限定名額不對？」

「限定名額？甚麼名額？」

「報讀文學創作課的學生名額啦，我覺得……」

「唉呀我不是說這個，我是在想，剛才我們不應該上69X的，應當上67X。」

「為甚麼？」也斯一臉愕然地看着我。

「67X終點站就在兆康。那樣我們就算坐過了站，走去嶺南也只要十分鐘。」

2013年，在也斯的追悼會上，我呆望着靈堂上那張笑嘻嘻的臉，百感交集。近年來我們很疏遠了，由於一些事情，我們失去了交流的基礎。但我仍然感念他對文學熱烈摯着的愛，感念他當年對我的大力扶持和提攜。我特意早早到場，好在安靜中送他最後一程。我朝着他的遺像深深三鞠躬，恍惚中，那照片上的笑容似在幻變，變成無奈，變成調侃，變成愕然，而背景則是一個個的車站：旺角、九龍城、美孚……

對了，我有多久沒有到美孚去了呀，哪天一定要去看看。羅蘭巴特關於車站的那句話是怎麼說的來着：「車站所標明的名字不是一種回憶，而是一種幻覺的追思。」

薛興國二三事

最後一次見到薛興國是在一年多前，我從內地回流香港，請他來我租住的房子餐聚。當時的情景還歷歷在目：我作了拿手的紅燒豬蹄和涼拌菜，洪森作了他拿手的清炒絲瓜和番茄炒蛋，喝的是薛興國帶來的紅酒。我們回憶起 1994 年《聯合報》同人在我家的那次餐聚，在我們土瓜灣報社對面的蝸居。我也作了涼拌菜，洪森也作了清炒絲瓜，不過那次最受歡迎的菜是紅燒豬肘和滷豬舌，一上桌就被大家一掃而光。記得嗎？來賓有十位呢，如今「知交半零落」，大家星流雲散，都去了哪裏呢？

今天，驚悉薛興國鶴歸。臨窗遠眺對面的

雲山霧海，他又是去了哪裏呢？他走得這麼突兀這麼匆忙，一路上走得好嗎？那個世界比我們這個世界要美好一些吧？他在那裏過得還好嗎？於是，零零散散地，一些有關他的往事漫上心頭。

一

最開始對他的了解是他的美食家聲譽，就不說他那些叫人流口水的美食專欄了，跟他吃一次飯，總能增加一些美食佳餚的知識，餐桌上的每道菜，他都能說出個子丑寅卯，甚至能把它們的烹調過程說出來，哪怕是一鍋稀飯。

對，生平吃過的最令人叫絕的稀飯，就是他請吃的。

那次本來是去吃馳名港九的石頭魚的，不料席中最驚艷的竟是那鍋稀飯。用隻土頭土腦的大鍋端上來，上面蓋着的不是鍋蓋，是一張荷葉。打開荷葉，立即有股叫人迷醉的清香飄至。飯香、荷葉香，以及說不出名目的種種香。「知道嗎？」薛興國用導遊式的口氣道，「這一桌菜最貴的就是這鍋稀飯，貴在人工。」

他於是詳細向我們講解這鍋稀飯的製作過程：足足要用八九個小時，因為要用小火慢慢熬，尤其是最後那兩個小時，得有人拿勺在旁邊不停地攪動，直至所有的米粒都融化，看不出原來的材料，變成牛奶般乳白色的濃湯。不是牛奶，勝似牛奶。

「吃吃看，」這位美食導遊不無得意之色地道，「保證讓你一生難忘。」

是的哦，一生吃過多少稀飯，這碗稀飯最是難忘。

二

後來我才知道，薛興國還有一手絕招，當年他在台灣作副刊編輯時，能化身各種不同專欄的作者為其補稿。

我自己也是作過報社副刊編輯的，深知其中甘辛。其中最讓人頭痛的是經常會有作者因急病、外遊、以及種種奇怪理由臨時斷稿，這時就需要編輯為其救場，趕緊寫一篇補上去。小說、散文、詩、時裝、奇談、怪論……還得模仿該作者的風格語氣，讓讀者看不出破綻。有一次，我跟薛興國偶然談起這事，說我曾不得不為一偵探小說作者補稿而寫過偵探小說。他笑道：「我還因為幫人補稿而寫過武俠小說呢。」

「武俠小說？武俠小說我可真的寫不出。」我道，「看過的也只有一部，就是古龍的《陸小鳳》。其中有個細節我記得最牢，是一對話，對手叫陸小鳳報上姓名來，他答曰陸小鳳。『哪個陸？』『陸小鳳的陸。』只五個字，把那位大俠的霸氣描繪得淋漓盡致。」

誰知薛興國笑道：「這一節卻不是古龍寫的？」

「誰寫的？」

他指一指自己：「鄙人。」

原來當時《陸小鳳》在報紙連載，責任編輯正是薛興國。古龍那時已有了宿醉的毛病，經常到時交不了稿，薛興國只好幫他補上。如此這般，《陸小鳳》那部書有不少篇節是出自這位編輯的手筆。而且跟古龍的文字契合得天衣無縫，以致後來就連古龍和薛興國自己也搞不清哪一節是哪個寫的。

擁有如此的才能，薛興國卻沒有寫一部自己的小說，他把自己的才華都耗在編輯事業上了。如今，像他那樣身懷絕技並富有犧牲精神的編輯，已成絕響。

三

還有一件事我印象深刻。

就是那次《聯合報》同人在我家餐聚時發生的事。大家正在熱烈吃着聊着，他拿了個飯盒出來，把席上最好吃的幾樣菜各撿了點打個包放在一邊。事後我跟洪森笑道：「他這人還真是個住家男人。」

洪森卻道：「這你就弄錯了。他是打包回家給兒子吃的，那孩子十來歲正在上中學，他一個人又當爹又當媽的，不容易。我們每次在外面吃飯他都要給兒子帶飯盒的。」

「他太太呢？」

「我沒問。我從不打聽別人的家事。」

不過我後來還是隱約聽說了一些他的家事，更加感佩他的善良、忠厚、俠骨柔腸——就這一成語的廣義用法而言。相對於他其他方面的才華，我覺得如此的人品更為難得。所以，雖然我跟他並不是很熟的朋友，聽說他走了我竟如此難過，忍不住要寫下這些話。

孫桂琴

我在好幾篇小說和散文裏寫到過孫桂琴。好幾次用的還是她的真名，她是唯一一位我在小說裏敢用其真名的人物。我想，這是因為我有把握，孫桂琴絕對不會看到我寫的書，即使看到了，不管她覺得我把她刻畫得如何，也不會向我提出抗議，只會用那種化石般穩定的笑容看着我，對我說：「好着呢。」

孫桂琴是我們班上唯一住在鐵道東的女孩子。當劉老師得知我們家從西尼氣林業局大院搬到鐵道東去了時，便在課堂上向全班同學查問：「誰住鐵道東？住鐵道東的舉手！」

四五條手臂舉了起來，劉老師一眼就選定了

其中的一條：「噢！就一個女同學，孫桂琴，那就是你了！以後你負責送你這小鄰居回家。記住啦！她出了事唯你是問。」

沒人質疑劉老師這種偏心眼的口氣。孫桂琴自己更是忙不迭地點頭。事情明擺着，我跟比我大三歲的孫桂琴站在一起，她高高壯壯的簡直可以把我背起來（她後來也的確背過我）。這且不說，我與她之間的差異也好像是明擺在那兒的。孫桂琴是個土生土長的本地人，在那有六個孩子的伐木工家庭裏，她是老大，下面五個全是弟弟。所以她有幹不完的家務事，整天灰頭土臉髒兮兮的，學習成績老是危乎其危地徘徊在及格線上下。

我呢卻是來自於北京的傳奇人物，自從同學們知道我曾住在天安門旁邊，他們就都用一種幾乎是敬慕的目光注視我了。怎麼！那印在語文課本第一頁彩圖上的神聖之地，竟然就在這傢伙的家門口！聽上去就好像這人是住在雲端裏似地

呀！我們班的同學甚至都覺得沾了我的光，他們老是指點着我跟外班同學炫耀:

「瞧，她是我們班的，北京來的！」

「知道她住過哪兒嗎？喝，天安門！」

我的形象和表現也不負眾望。母親每天都給我精心梳頭，將我那一頭長髮梳成各種漂亮花樣，讓那些愛美的女老師都跑過來觀賞學習。衣服雖是姐姐穿過一輪的舊衣，但總是洗得乾乾淨淨。各門功課永遠是滿分。總之，我堪稱學習的標兵，風紀的模範。剛滿八歲，老師就破格讓我加入少先隊，並指派我作中隊學習委員。

在孫桂琴沒被指定為我的護送人之前，我和她幾乎沒說過一句話，我甚至沒注意到她的存在。她沉默寡言，即使被老師點名回答問題，也或張口結舌，或一言不發。一放學，她就很快不見了人影。我們成為朋友以後，我才知道，她是趕回家作飯去了，她爸爸在山裏伐木隊，她媽媽在儲木場作臨時工，照顧五個弟弟的責任，自然都落在了她的身上。

作了我的護送人之後，她不能飛快奔回家了。因為我放學之後還要參加各種課外活動，文藝隊啦，朗誦隊啦，即便沒有活動，我也要在學校多玩一會。所以孫桂琴只好站在一邊等我。通常她放學時會先跑到我身邊問我：「回嗎？」要是我說等一等，她就一聲不響地站在一邊等。

如果是搞活動，孫桂琴那如影隨形的身影倒沒甚麼，但要是我留下來只是為了多跟同學玩一會，她那沉默的存在便成了一道陰影，弄得我心裏怪不舒服，好像虧欠了她甚麼似的。我便對她說：「孫桂琴你先回吧！呆會我自己回去。」

孫桂琴不響，也不動。

旁邊同學便道：「你回吧，呆會我們送她。」

孫桂琴搖頭：「劉老師讓我送她。」

這裏有必要交代一下孫桂琴的形象。應當說，孫桂琴其實是個俊秀的女孩，眼睛大大的，嘴巴小小的，甚至連臉形都是標準的瓜子臉，只是一張臉老像沒洗乾淨似地紅不是紅白不是白的，而臉上的那種表情，唉，實在是一言難盡。有一天她沒交家庭作業，老師朝她喝罵：「孫桂琴你真厚顏無恥！你還笑你還笑！」

大家都朝她看去，果真她臉上浮着笑意。被老師這樣痛罵還能笑得出來，好像被斥為厚顏無恥也不算太過分似的。其實只要稍加留意，便會發現她眼睛裏含着淚水。可大概由於眉梢眼角天生就有點朝上彎吧，那張臉看上去總有笑意。老師大概是氣壞了，沒注意這個細節。

起先，我也跟大家一樣沒注意到這一點，尤其是當她站在那裏目定定盯着我的一舉一動，她臉上浮着的那笑意，便讓我有了假笑、嘲笑、訕笑、苦笑的感覺。身邊有個這麼苦巴巴的笑在晃動着，遊戲的快感自然遭到了腐蝕，我的負疚變成了氣惱，既是孫桂琴無論如何都不肯先走，我便往往只好放棄遊戲跟她回家。我心裏不開心，便把氣往她身上撒：「孫桂琴你自己不玩還讓我玩不成，我不用你送！你以後別送我。」

孫桂琴一般沉默不語，被我嘮叨多了就還是那一句：「劉老師讓我送的。」

她這一說我也沒了話，因為我也跟她一樣，把劉老師的話當聖旨，便只好氣沖沖跟在她後面往家走。她呢說是送我，卻多半一路小跑走在我前邊，別說跟我談天說地了，就連話也說不上兩句。

有一天，放了學我正在跳房子，孫桂琴竟一反她平日的耐心，跑過來拉我：「回吧回吧！」

我說跳完這盤就走，她卻出乎意外地態度強硬，不僅拉着我的胳膊不放，嘴裏還一個勁地說：「回吧回吧！」

這下我的犟脾氣也上來了。我說：「你比我媽還厲害啦！我就要玩。我就不回。你走你走！」

大家也都幫着我趕她，孫桂琴卻還是拉着我不放，嘴裏還是那句話：「劉老師要我送你的。」

這下我火大了，腳一跺，狠狠把她的手從我胳膊上甩開，喝道：「你再不走我去找劉老師！我不要你送了！」

孫桂琴呆住了。她呆呆瞪了我片刻，猛然把身子一擰，朝校門那邊跑了。

身邊沒了孫桂琴幽怨的目光，我玩得痛快多了。跟我玩的同學都住在學校附近，所以沒人急着回家。不記得我們又玩了多久，記得起來的，只是夜色中校門口那盞在寒風中抖顫的路燈，那根路燈杆像個醉漢歪歪斜斜立在那裏，只是平時我看見它都是在白天，看上去沒有這股詭異之氣。我不由得打了個寒顫，鐵道東那條荒涼小路倏然躍上心頭，而幾乎與此同時，我看見了孫桂琴那張青白的面孔。她一直都站在那裏等着我！

孫桂琴，寫到這裏我又看見了你，你在那一刻顯得分外高壯的身影，你那總是含笑的面龐，你還好嗎？你還記得那個早春的寒夜嗎。你一直在前面跑着，我雖然又急又氣，卻因為恐懼，因為負疚，也不得不在後面緊跟。那天，我第一次見識了你的倔強，不管我在後面怎麼叫你，你都不肯回頭看我一眼，遠處傳來淒厲的一聲長嗥，是狼嗥吧？我哭了，我叫着「等等我呀孫桂琴！」你停下了腳步，可還是不肯回頭，一待我趕到你身旁，便起步就跑。就這樣，一直把我送到家門口，也不等我跟你說聲再見，轉眼就消失在夜幕中。

你為甚麼不告訴我五個弟弟在等着你回家作飯？你為甚麼不告訴我最小的弟弟還病在炕上？你為甚麼總是那樣默默無語？當你媽拖着嘴角流着血的你敲開我家房門，你也還是那樣默默無語，只是低着頭無聲地啜泣。我也哭了，我說：「對不起！對不起！」你媽驚慌失措了，忙不迭地對我媽解釋：「這死孩一說就哭，三棍子打不出個屁來，早知道真是要送你家閨女回家，我不會揍她的。」即使在這時，你也還是沒為自己分辯一聲。是怕我媽也打我一頓？還是你仍然不肯原諒我？之後，你從來沒跟我再說起過這件事。但自打那天開始，我們就成了好朋友，我媽也跟你媽成了好朋友。

我媽第二天帶着我上門去感謝孫桂琴，為了表示我們的誠意和歉意，她帶上了我家的糧本。那是飢餓的一九五九年，家家都糧食不夠吃。我家要算是個異數，我們個個食量都很小，加之吃不慣粗糧，每個月糧食定量都吃不完。當我媽把還剩有數十斤定量的糧本給孫大媽遞過去、並讓她把上面剩下的定量都買光時。孫大媽呆住了，好像天上掉下來個大餡餅似地張大個嘴，可是緊接着她的下一個動作，卻令我媽目瞪口呆了。只見孫大媽如夢初醒般一個大轉身，手中魔術般地出現了另一個糧本，她把這糧本朝我媽手裏使勁塞：「王大媽您打這上面的油吧！」

那時候每人每月只有二兩油的定量，我家每月都不夠吃。我從小就腸胃不好，天天吃發了霉的包米碴子飯，再加上沒油吃，我得了腸胃病，已經住過兩次院了。所以我媽接到這個意外的回禮，第一反應是緊緊抓在手裏，表情跟現在的人中了六合彩時的表情一樣。但她立即覺得有點不妥了，她看着圍坐在炕桌旁那群臉黃黃眼光光的孩子，要把糧本退給孫大媽：「這……怎麼可以？你們不是沒油吃了？」

孫大媽把我媽的手使勁往回推：「我們不吃油，我們北方人不吃炒菜。再說你們知識人多金貴吶，沒油咋弄！您不要我這油我也不能要您這糧！」

我們家和孫桂琴的家，從此就形成了這種交換糧本的互利互惠關係。而我和孫桂琴，也在兩家大人的支持下，你上我家玩我上你家玩地走動起來。現在，她不止是跟我一塊回家，每天早上我還去叫她一塊上學。放學後我也總是先跟她上她家，孫桂琴忙家務時，我就在她家門口的菜地看她的弟弟們種菜。後來，我家也學他們在門前開闢了一塊菜地，種上了蘿蔔、白菜和土豆。

秋天裏到公家菜地去溜土豆，也是孫桂琴領

我去的。所謂的「溜」，即是在收穫過的土地上挖那些沒收盡的小土豆。我們一人挎着個筐，孫桂琴那個筐很大，我那個筐很小。她不像我是來玩玩的，她還指望用挖來的土豆填補家中糧食缺口。如今我還清晰地記得孫桂琴挖到一個大土豆時那眉開眼笑的模樣，我說：「孫桂琴你笑起來真好看！」

到了冬天，孫桂琴就領着我上山撿柴禾，到儲木場去扒樺樹皮；春暖花開時，我們是多麼開心！因為可以一道滿世界去挖野菜，我倆沿着鐵道一直往南走往南走，陽光彷彿一寸寸地溫暖起來。有一天，我們挖着挖着野菜抬起頭，發現四周一片翠綠，而頭頂是寶石般的天藍，「媽呀！這是不是到了北京呀！」孫桂琴傻傻地發出一聲驚歎，笑得我滿地打起滾來。

不過，大興安嶺最好的時光還是夏天，夏天我跟孫桂琴去大森林採都斯和牙格達，每一種可吃的草木孫桂琴都認識，我最愛吃的是那種名叫酸不溜的草根。孫桂琴卻只愛都斯，她說可以用來釀酒，給她爸喝。

我只在逢年過節見到孫桂琴的爸，印象中他是個龐然大物，一個人就盤據住了大半邊炕桌，可他臉上的笑容卻跟孫桂琴的笑容一樣叫人安心，而且跟孫桂琴一樣，他永遠是在笑着。「家來啦！」他用這樣的笑容對住我道，「吃了沒？吃個窩頭！」

他喜歡我，因為我是孫桂琴的好朋友，而孫桂琴是他最喜歡的孩子。「咱家就這一個閨女，可金貴哩！」他說。

我們去了長沙之後父親的第一封來信中，就提到了孫桂琴的爸，大意是這樣的：

「昨天我去了一趟鐵道東，到水房老郭家去拿搬剩下的那些東西。碰到了孫桂琴的爸。他人特別熱情，一定要拉我上他家吃飯。盛情難卻，結果我就在他家吃晚飯。他們把我當成貴客，特意給我蒸了一盤白麵饃頭，走的時候，還一定要讓我帶上些。多不容易呀，肯定把他們一整年的白麵都吃光了。這家人真是大好人！」

大概也是父親告訴我的吧：孫桂琴的爸是黨員，在伐木隊還當着個隊長。沒錯，這話就是全班同學突然都不理我了的那天，我獨自回家的路上與父親相遇時他說的。吃晚飯時，也許父親終於想起今晚我們的相遇有點蹊蹺，問道：「咦，今天你怎麼一個人回家，孫桂琴呢？」

我裝作若無其事地回答：「她今天要作值日。」

就是在這時父親說起了孫桂琴父親的事吧？總之，我裝作沒聽見，沒搭腔，心裏卻在翻江倒海。

其實，全班同學中，只有孫桂琴不知道那場突變的究裏，因為昨天劉老師讓我提前放學、好告訴全班我爸是壞人時，也讓她跟我一塊走了。孫桂琴當時還特別開心，說沾了我的光可以早點回家。而且，孫桂琴雖跟我好，平時在學校裏卻不是我玩伴。在學校我永遠不缺玩伴，特別要好的一個是劉淑琴。劉淑琴不喜歡孫桂琴，說她笨手笨腳，「玩甚麼跟她一邊兒準輸。」劉淑琴道。我雖覺得這一評價對孫桂琴有欠公平，但私心也承認，在學校裏，劉淑琴這個朋友的確比孫桂琴體面。無論從衣著上來看，還是從學習成績上看，劉淑琴都與我更為接近。

第二天連劉淑琴都對我視而不見避之則吉的一幕，孫桂琴大概看到了，她朝我走了過來，她走到我身邊正要叫我，從旁伸出了個穿着翻毛靴的大腳，一腳踢過去把她差點掃倒在地。隨之而來的是一聲吼叫：「不許搭理她！」

這是我們班上那個朝鮮男孩，他平時老被同學欺負，沒想到自己欺負起人來比別人更甚。

孫桂琴搖晃着身子站穩，憤然道：「咋啦！你咋踢人！」

朝鮮男孩道：「就踢啦，踢你咋的，我還踢她呢！」說着真的朝我狠狠踢過來一腳，還嚷着：「你不是愛告狀嗎？去告呀！去告劉老師呀，就是她讓我踢的。」

「胡說八道！」一個名叫王大力的男孩插進來道，「高麗棒子！劉老師可沒叫你踢人，劉老師只叫我們別信她說的那一套，她撒謊，她爸不是北京來的幹部，她爸是勞改犯。勞改犯崽子！」他惡狠狠地衝我喝道。

那一剎那，我一定是面無人色了，我不再是平時那個我了，因為我看見孫桂琴那樣驚異地看着我，就好像我是個陌生人，就跟今早全班同學看我的目光差不多。她也鄙視我嗎？她也可憐我嗎？

我一言不發，扭頭就跑。好不容易熬到放學，老師一喊下課，我立即直奔校門。我不想看到同學們那樣的目光，我不想讓任何人可憐我。

第二天是輪到我生火爐的一天。按照班上的規定，氣溫到了零下十度以下，大家就輪流提早一小時到校，給教室那隻大鐵爐生火。這樣教室才能在上課之前達至能夠坐人的溫度。平時每逢我值日，孫桂琴都讓我叫上她一塊去。一是路上給我壯膽，二是知道我不會生爐子，她去幫我。可是那天，我沒有去叫她。

母親送我出門時不放心地問：「天這樣黑又下雪，你去找孫桂琴吧，要不我跟你一塊去？」

我忙攔住她。我不想她知道昨天學校裏發生的事。獨自一人，我走上那條通向鐵道的小路。四下裏靜悄悄的，天上沒有一顆星，地上也沒有一盞燈，世界好像只剩下了我一個人，我聽見我自己的呼吸聲在這白色的曠野流蕩。但突然，一個黑影竄到我跟前，嚇我一大跳，正要大叫出聲，就聽見了那個熟悉的聲音：「是我。」

是孫桂琴！

在聽到這聲音的一剎那，我就知道了，其實我一直都知道，她會出現的，她會守候在我跋涉的路上，讓我知道我不是一個人，不管甚麼時候，我永遠可以指靠上她，她是我的守護神。我是幸運的，從八歲這年遇到孫桂琴開始，在我這一生中，無論我遇到甚麼困境，在我最艱難最絕望的時候，都會有這樣一張面孔出現在我的面前，以毫無私心毫無瑕疵的愛， 扶起我支撐着我。我永不會孤獨，因為心中有着這樣一張面孔，和這一抹地老天荒的微笑。

在路上，我終於大聲哭了出來，我說：「孫桂琴我沒撒謊，我真的是從北京來的，我們家真的在天安門旁邊住過……我……」

孫桂琴挽着我的胳膊，一個勁地說：「我知道我知道。」

「你會跟我玩兒嗎？」

「我會跟你玩兒，我跟你玩兒。」

我最後一次見到孫挂琴，是在西尼氣火車站的站台上，我們離開西尼氣的那天夜裏，只有她和她媽來給我們送站。火車開動了，她還站在站台上，雖然我根本看不見她，車窗玻璃結了厚厚的一層冰，無論我怎麼朝上面呵氣也還是冰板一塊，像鐵道東那堅硬的雪原，我卻知道她在那裏，只要我活着一天，她一直都在那裏，用那副地老天荒的微笑，使我安心。

心靈磨損了胸膛
——讀查良錚日記

而如今突然面對墳墓，

我冷眼向過去稍稍四顧，

只見它曲折灌溉的悲喜，

都消失在一片亙古的荒漠。

這才知道我全部的努力

不過完成了普通生活。

——穆旦臨終前的詩

早在文革中的 1968 年，作為翻譯家的查良錚在我心中便是神一般的存在。但直到十八年後，我才因讀到《九葉集》知道他還是一位詩人，筆名穆旦，還曾經與我生活在同一時空中。而一直到不久前我讀到穆旦文集中的《穆旦詩文集》，從書裏的書信和日記部分，我才認識了作為一位中國大陸知識分子的查良錚，他那在黑暗中夭折的生命，他那顆飽受摧殘的心。

說起來那是個有點奇的故事，1968年，那場「史無前例」的瘋狂運動進入到第三個年頭，有位在造紙廠工作的友人將查良錚譯《歐根．奧涅金》送給我，是友人在將要送進焚書爐的「破四舊」書堆中找到的。先前已有另一友人把此書的俄文原版本送給了我，是在廢品收購站的書堆裏翻出來的。她聽說我在自學俄文，便將翻出來的兩本俄文原版書送我，一本是十九至二十世紀俄羅斯文學經典，收有十九世紀以來從普希金到高爾基幾乎所有名家的經典之作。書又大又厚，封面和封底都已不見；還有一本很小，六十四開，有着帶燙金字的硬殼布封面，這就是《歐根．奧涅金》的俄文原版本。

拿到查良錚譯本時，我已在一班渴書的朋友鼓動下不自量力地譯出了這部長篇敍事詩。是譯在一疊六十四開的活頁芯紙上的，為了避人耳目也為了節省紙張，字體小得每頁可排雙欄。我把它們分訂成四小冊，在一班密友中傳閱。可是當我讀到查譯本《歐根·奧涅金》，我便趕緊將我那譯稿回收。不怕不識貨只怕貨比貨呀！

忘記了在哪一位中國當代同齡人作家的寫作談中看到，他的文筆得益於自己少時的翻譯練習。我深有同感，並覺得自己比他更為幸運，因為我不僅因撿到那兩本俄文經典文學原版書而作了大量翻譯練習，而且有這本查譯《歐根·奧涅金》作我的翻譯練習教科書。如果說我後來在中文寫作上有些成績、對中文文字的理解和把握有些心得，很大程度上得益於那一對照譯改。沒錯，再沒比對照一部譯筆如此精湛的譯本學習翻譯更好的操練文字方法了，我從中摸索出來的文字感覺，令我終身受益。

不過這些都是題外話。因為本文並不打算研討作為翻譯家的查良錚或作為詩人的穆旦，近年來這方面已出現了大量文章：老輩作家的回憶、著名評家的解讀、青年學子的博士論文，不一而足。我無意加入這遲來的頌揚，可是我有強烈的欲望要說出我在讀到這本詩文集時的感想：悲傷、悲痛、悲憤，乃至幾度淚下。

「為甚麼？為甚麼會這樣？」讀的過程中我心裏一直轟響着這樣的疑問。令我心中最痛最震撼的，不是詩人從五十年代回國直到他去世所遭受的種種磨難：被打成反革命、開除教職、判刑、勞改；也不是他那歷時六年的「牛鬼蛇神」生涯，被批鬥被羞辱、遣送勞改農場，應當握筆的手被迫拿起鋤頭和糞桶。甚至也不是他寒冬臘月拿着幾塊糖和一把花生米走幾十里路去看望妻子，為此兩人竟都遭到批鬥。這一切在那一代中國大陸知識分子中已是尋常事耳！比穆旦更德高望重者如陳寅恪、錢鍾書、俞平伯等一代大家皆未能倖免。曾經目睹自己的師長親友被批鬥被毒打被迫害至死的我，對那一切早已麻木。

令我心中有話、必欲吐之而後快的，是這本文集中的日記。有篇回憶文章裏說，查良錚自美國回歸祖國之後「幾乎沒有一天舒心日子，主觀的嚮往和客觀的反饋，反差太大，不論做甚麼樣的詮釋，穆旦終歸是一個悲劇人物。」（來新夏：《懷穆旦》）可是讀着這些日記我卻感到，穆旦的悲劇不止是他個人的悲劇，而是一個時代一個民族的悲劇，因此我一定要把心裏想到的這些話寫出來。

出版於 2005 年、共九集的穆旦文集中，有八集是《穆旦譯文集》，一集是《穆旦詩文集》，而這本八百多頁的書中，只有三百多頁是他的詩，只有一百頁是他的散文、雜文和短評，共計十六篇。其中還包括一篇一百來字的兒時習作和五篇少時習作，剩下的那十篇，有四篇發表在三四十年代，他回國後發表的文章只有六篇。其中 1958 年 1 月 14 日發表於《人民日報》的〈我上了一課〉，其實是篇公開檢討，對當時報刊上加諸於他詩作的大批判式攻擊公開低頭認罪。所以，八百來頁的文集中，文學創作其實只有四百多頁，剩下的那一半是他的書信和日記。

老實說，我對穆旦的詩文沒有太強烈的感覺，即使是五十年代就被收入《世界名詩庫》的〈詩八首〉，我認為也只是一位天才詩人的「小荷才露尖尖角」之作，反而他七十年代在書信中贈友人詩裏，偶爾有幾道動人心魄的閃光。屬於天才型詩人的他，詩才的翅膀被過早折斷。還好由於機遇、由於對周遭危險本能的預感，他將才力轉到翻譯上來，為中國文學留下了一份厚重的寶物，正如作為詩人的蒲柏[1]被人淡忘，可作為荷馬譯者的蒲柏永垂青史一樣。

可是我讀着他的這些不能算文學作品的書信和日記，比讀他的譯作更加感慨多端。雖然這些文字嚴格來說都不能叫作「文稿」，因為它們並非為出版而寫。然而，感謝編集者將這些文字收集出版，令我們得以從中看到從文學作品、甚至親歷者回憶錄中都看不到的東西。

一場滅頂之災過後，人們總是趕緊搜尋倖存者，並將話筒塞到他們氣息微弱的嘴邊，指望他能說出他的現場感受，因為那才是第一手材料，最真實。現在呈現在我們面前的這些文字，尤其是那四本記於文革年代的日記，正是這種堪與災禍倖存者言說相比的珍貴聲音。在那個文字獄已成家常便飯的年代，別說查良錚這樣首當其衝的專政對象了，便是尚能混在人民隊伍中的蟻民如我輩，也是噤若寒蟬。當時我媽一見我寫字就膽顫心驚，即算抄寫《毛主席語錄》她也要拿去反覆檢查，「抄錯了一個字不得了呀！」因抄錯語錄而坐牢甚至送命者大有人在。所以那時代的無名小卒留下的文字都彌足珍貴。而現在，腥風血雨過後，寸草無生的茫茫荒漠裏突然聽見了一道聲音，是活人發出來的，而且，他曾是一位文豪。太難能可貴了！

在解讀這些日記之前，有必要再說幾句似乎是多餘的話。

眾所周知，日記作為一種寫作體裁，與書信一樣是一種極具私密性的個人書寫，在法制社會裏具有合法隱私權。除非獲本人同意，即使是死後也不得公開。著名的《龔古爾兄弟日記》便是其中經典案例。由於其中有涉及他人隱私的內容，龔古爾兄弟遺囑規定：他們去世五十年之後才可將之陸續發表。

請注意以上那段話中我所強調的那個前提：「在法制社會裏」，只有這樣才可以解釋我們這裏將要解讀的這四本日記的特殊性。自從四九年以來的歷次運動將日記作為羅織罪狀的材料，自從六十年代初《雷鋒日記》將日記當成自我表彰的工具，日記這一寫作體裁便失去其原本意義，再無隱私可言，因為那不是法制社會。

我自己就有過差一點因日記被批鬥的經歷，雖然當時我只是個十五歲的少年。從那以後有十年之久我連《雷鋒日記》式的日記也不敢寫了。說到《雷鋒日記》，四零、五零和六零後的幾代人大抵都有與之相關的集體記憶，大家都在老師指導下寫過雷鋒式日記。那種寫作伴隨了我的成長，影響了我一生。那時我們的家庭作業和寒暑假語文作業經常是寫日記。而大家交上去的日記千篇一律，都是「今天我扶了一位老大娘（老大爺、老婆婆）過街」、「今天我撿到一分錢（兩分錢、三分錢）交給了警察叔叔」之類。我的日記常得老師表揚，也不過是因為我虛構的能力高人一籌，編造出了一些稍稍與眾不同的好人好事情節而已。

可是對於被打入另冊成了階級敵人的查良錚，日記寫作還有着截然不同的另一層意義，它們是思想匯報和檢查交代材料的又一體現形式。說到這兩類寫作，現在的中國人大約也不太陌生，因為不少人至今還在寫它，要求「進步」想入黨的人、向「組織」有所冀望表忠心的人、犯了錯誤要交代罪行的人，可以說，只要生存在那一極權統治下，所有會寫字的人都不能避免這類書寫經驗。

將所有的寫作都變成歌功頌德寫作和思想匯報寫作便是極權政府國家機器的重要功能之一。只要你生活在這片國土上，就會被那架機器捲入。各種學習會、批判會、思想匯報日以繼夜地疲勞轟炸，掃蕩着人們心中的每一寸空間，身陷這部國家機器的人，再無個人意志可言，再無獨立思考可言。經過這部國家機器的碾壓鍛造，心中再無淨土。

我們固然沒有說話的自由，我們也沒有沉默的自由。學習會上人人要表態過關，早請示晚匯報人人要參加，慶祝最高指示發表的遊行集會上人人必須舉手歡呼，批鬥牛鬼蛇神的大會上人人被迫振臂高呼「打倒」。哪怕被打倒的對象是你的父母兒女。沉默變成了一種奢侈，它可能要以鮮血和生命來換取。

更不必說被打成階級敵人的作家學者查良錚

了。身為「牛鬼蛇神」，他自然喪失了說話的權利，他更喪失了沉默的權利。批鬥會上他要低頭認罪，回到牢房他要沒完沒了地寫交代材料，思想檢查、檢討書、認罪書。因為他處身「牛棚」，身心失去自由，生命遭到威脅，所以這些記錄本身就是對於那個恐怖時代的控訴。不過，這些日記的重要價值，遠非「控訴」二字所能了得。

今日我們所看到的查良錚日記，是「1959 年到 1977 年斷斷續續寫下的四本薄薄的小本子」（李方：《穆旦詩文集》編後記）。其中：

第一本寫於 1959 年 1 月 1 日至 1960 年 3 月 23 日；

第二本寫於 1968 年 10 月 26 日至 1970 年 10 月 17 日；

第三本寫於 1970 年 10 月 17 日至 1972 年 11 月 10 日；

第四本寫於 1973 年 2 月 16 日至 1977 年 2 月 23 日。

我之所以要把每本日記的起訖日期都說得這樣清楚，是因為日記寫作於哪一時期，與其寫作的動機和內容密切相關。四本日記的寫作日期，分別代表了查良錚遭受迫害的四個不同時期。

1. 1959 ～ 1960 年，他被打成歷史反革命分子，初嘗無產階級專政下當階級敵人的滋味。
2. 1968 ～ 1970 年，階級鬥爭之風最為慘烈的文革時期，他被打成牛鬼蛇神關押批鬥，完全失去人身自由。
3. 1970 ～ 1972 年，無產階級革命司令部陷入內鬥，陣腳大亂，牛鬼蛇神們的處境稍稍緩解，他被解除關押，先下放五七幹校、後插隊落戶到津郊大蘇莊勞改。
4. 1973 ～ 1977 年，從勞改農場被送返回南開大學，在圖書館打雜。直至去世。

我們看到，從 1953 年回國到 1959 年被打成反革命分子那六年間，他並沒有寫日記。勤奮超人、以寫作為生命的查良錚，並沒有寫日記的習慣。尤其是那六年他在朋友蕭珊的敦促下，忙着為她丈夫巴金主持的上海平明出版社譯書。六年中譯出了《文學原理》、《波爾塔瓦》、《青銅騎士》、《高加索的俘虜》、《歐根 · 奧涅金》、《普希金抒情詩集》、《朗費羅詩十首》、《布萊克詩選》、《濟慈詩選》、《雪萊詩集：雲雀》、《別林斯基論文學》、《雪萊抒情詩選》等數以百萬字計的作品。如此驚人的出版量，還要應付繁重的教學，哪有時間寫日記。

只是在失去寫作的權利、也失去沉默的權利時，他才開始寫日記。除了檢查材料和思想匯報，這是他唯一能寫的東西。

其次，從四本日記寫作的內容，我們也可以看到，儘管都是高壓嚴管之下的畸形產物，但每一時期各有其不同特點。

縱觀四本日記，其內容無非以下三部分：

1. 照抄《毛主席語錄》以及學習文件。
2. 對照《毛主席語錄》和學習文件對自己的思想

行為作檢查批判。

3. 日常生活的簡略記載。

以下我便以日記的寫作日期為經、以這三條基本內容為緯，解讀這四本日記。

第一本日記：

1959年1月1日至1960年3月23日

這本日記從時間來看，歷時一年零兩個月，其實只記了七天。開頭那五天(1月1日、1月2日、1月9日、1月19日、2月9日各一篇)，是日常生活的簡略記錄，然後停頓了七個月，直到1959年9月底，才又記了一篇。又過了半年，才又記了日期標為「1960年3月23日」的一篇，這兩篇不記日常生活了，全部是「思想總結提要」之類的文字，照抄領袖語錄和學習文件之外，只有幾個政治學習會上發言提綱式的句子算是他自己的話，例如：「如何作黨的馴服工具」、「毛主席延安文藝座談會上的講話解決了如下問題」之類。

從日記的寫作背景來看，那正是作者初遭無產階級專政的當頭一棍的兩年。1953 年，他滿腔愛國熱情從美國回來報效祖國，可回國的第二年便因一次還沒來得及發的言被打成反黨小集團分子，隨即被算老賬，把他抗戰中任國民黨抗日遠征軍翻譯的事當作反革命歷史翻了出來，一頂歷史反革命的帽子眼看就要落到頭上，交代檢查了無數次以為過關了。不料 1958 年 12 月的一天，晴天霹靂，沒有預告，更無審判，法院突然發來一紙判決書，說他被定為「歷史反革命分子」了，判決強制管教三年。課當然不讓上了，翻譯也只能停頓。他每日的工作就是在圖書館打掃衛生。據妻子周與良回憶，他從此便「晚間回家寫思想匯報，認罪反省。每周去南大保衛處匯報思想，每逢節假日被集中到保衛處寫思想匯報。」（周與良：《永恒的思念》）

所以查良錚開寫這本日記的 1959 年 1 月，正是他初嘗反革命分子滋味之始，心情之低落惶恐可想而知。每日寫作思想匯報、檢查材料之餘，怎麼還有閒心寫作這種與思想匯報檢查材料內容大同小異的所謂日記呢？他自己在這本日記前寫下的「說明」給了我們提示：

「以下日記以後記下列各事：

1. 思想鬥爭的過程、反省到的自身錯誤，自勉的決心和計劃。
2. 公開的發言。公務及私務。
3. 值得記下的感情（而非自然主義地把一切都記下來）。」

言外之意：這不是真正意義上的日記，是思想匯報之補充。

那麼，有甚麼必要寫這種思想匯報補充式日記呢？這就是「把思想政治工作作到車間與田頭」、「白天講、夜裏講」、「天天講、月月講、年年講」那一具有中共特色的洗腦機器的運作了。我們那樣的小學生都知道要以寫《雷鋒日記》式日記獲得認可和表揚，成人就不用說了。每個人，包括街道上的文盲婆婆，每周都有一下午政治學習時間，讓大家學習社論文件之餘，一一發言表態，以口頭形式表達對黨和領袖的忠誠，更別說像查良錚這種高等學府的高級知識分子了。他們是思想改造的重點對象，無緣無故也會被要求定交思想匯報，如查良錚般有頂帽子加頭者，自然更得加碼加量。所以究其開始寫作日記的動機，無非以下兩種：

一是表示自己在自覺加強思想改造。出自於回國六年來在不斷的思想改造運動中被灌輸的知識分子原罪心理，以為凡與封資修沾邊之思想固屬罪大惡極，理當打倒，而一切與領袖思想有異的個人情緒，亦屬旁門左道，應當批判與掃除。

二是圖表現，以爭取早日摘下反革命帽子，從連累了家人的負疚感中解脫出來，讓家人早日擺脫被其牽連的厄運。

脫胎於封建王朝的「誅九族」制度的誅連政策，是那一極權國家機器的殺手鐧。一人獲罪，全家遭殃。查良錚被打成反革命分子後，身為生物學家的妻子自然受到牽連，面臨也被打成反革命分子的危險。稚兒幼女也慘變反革命子女而遭到歧視打壓。這是讓疼愛孩子的查良錚最難過的。

可是在那種情況下，他所能作的只有想盡一切辦法求得當局諒解，早日摘帽。而寫日記即是唯一可行的辦法。

看看他都寫了些甚麼：

「自五日起，我主動打掃圖書館甬道及廁所，每早(七時半)提前去半小時。」

「為甚麼自己的思想長期以來未變？(1)階級出身？中毒太深。思想上的糾纏很多，如虛無主義思想。(2)害怕思想鬥爭怕痛苦。(3)自高自大，自以為是的態度未得掃除。」

那支寫出過〈詩八首〉、譯出過拜論、雪萊、普希金的筆，如今竟被迫作此唯諾小兒語。哀哉！痛哉！

然而查良錚畢竟還是初嘗無產階級專政鐵

拳之滋味，對其嚴酷與暴烈之程度估計不足，他仍天真地以為，在這種自虐式思想檢查寫作之外，還能有一點個人寫作空間。於是便有了「私務」、「值得記下的感情」這兩條預設內容。可是只寫了五天這種類型的日記他便發現，在那樣一種身份那樣一種環境中，不可能有另類寫作，如實記下私務太危險，如「意外地，王辛笛到辦公室找我，晚上便去成都道桂林路 84 號看他」。這類記載，很有可能殃及朋友。而任何帶有個人感情的記錄，在那種日記隨時變成公開讀物的情況下，根本沒有可能付諸實行。所以之後他便停止這一類寫作。之後的那兩篇日記，明顯是應卯之作。照抄些語錄和學習文件了事。

第二本日記：

1968 年 10 月 26 日至 1970 年 10 月 17 日

四本日記中數這本篇幅最長，但其中有一大半是照抄《毛主席語錄》（1969 年 6 月 18 日的日記根本就是把毛詩詞若干首照抄無誤），因而從真實的層面來看，是最無價值的一本。

這是因為：從日期上來看，這本日記的寫作環境比前一本更為嚴酷。1968 至 1970 年，文革最暴烈的初期階段雖已過去，但從打擊面和打擊力度來看，比諸前一階段的殘酷有增無減。表面上看，這時期紅衛兵分成了保守和造反兩派陷入纏鬥，實則在「三忠於四無限」[2] 這一大方向上，兩派的態度完全一致，對待被他們視為非人的階級敵人都像「嚴冬一樣殘酷無情」。而早在文革初期便被打成牛鬼蛇神的查良錚，對於兩派紅衛兵都是階級敵人。這從日記開篇第一天所記的那句話可以證見，那天的日記只一句話：「1968 年 10 月 26 日：住在第一教學樓中。」

這一句話便委婉地、言簡意賅地道出了作者身處的險惡環境。在大、中、小學經歷過文革的人都知道，「教學樓」即牛棚之代名詞。自文革停課鬧革命開始，學校就變成階級鬥爭最為殘酷暴烈的場地。操場變刑場，教室變監房，被列為打倒對象的牛鬼蛇神都被集中到各個教學樓，虐打與殘殺事件亦大都發生在這裏。我親眼見到的兩位老師自殺，一死一傷，現場便分別在我校的生物教學樓和文理教學樓。因此查良錚的這本日記是地道的牛棚日記，寫於牛棚，記錄牛棚，是檢查交代材料的另一表現形式。

這個時候的查良錚，已經歷過了階級鬥爭的腥風血雨，文革一開始，他就給「揪了出來」，被批鬥，被抄家，被關入牛棚，妻子回憶道：「抄家的次數太多，準確時間記不住了。抄家時不僅手稿，一切家庭生活用品也洗劫一空。至於良錚遭批鬥當時已成為家常便飯。」

據其子女回憶：「記得那年八月的一個晚上，一把熊熊大火把我家門前照得通明，牆上貼着『打倒』的大標語，幾個紅衛兵將一堆書籍、稿紙往火裏扔去。很晚了，從早上即被紅衛兵帶走的父親還沒有回來……直到午夜，父親才回來，臉色很難看，頭髮被剃成當時牛鬼蛇神的陰陽頭。他看見母親和我們仍然在等他，還安慰我們說：沒關係，只是批鬥和交代問題，紅衛兵對我沒有過火行為……母親拿來饅頭和熱開水讓他趕快吃一點，此時他看到滿地的碎紙，撕掉書皮的書和散亂的文稿，面色鐵青，一言不發。突然，他奔到一個箱蓋已經被扔到一邊的書箱前，從書箱裏拿出一疊厚厚的稿紙，緊緊抓在發抖的手裏。那正是他心血的結晶《唐璜》譯稿。」

可是災難遠未就此到頭。到了1968年，「清理階級隊伍」運動開始，他們一家最艱難的歲月才到來。本來已經被放回家、每日只在勞改隊勞動的查良錚，此時再度被關入牛棚。這一次妻子周與良也在劫難逃，作為「特嫌」分子也進了牛棚，四名從七歲到十四歲的子女不僅被置於自生自滅的境地，還擔負着每天給關押在不同地方的父母送飯的職責。早已見識過紅衛兵說打就打說殺就殺暴行的查良錚，此時雖然身體還沒被無產階級專政之鐵拳砸得稀爛，心理上大抵也處於「怕得要死，嚇得要命」的驚懼狀態了。所以這本日記封面上便標明：改造日記，而扉頁上當頭便寫下了一句「時代最強音」：敬祝毛主席萬壽無疆！

這本歷時兩年的日記，其實只有 26 篇，日期從 1968 年 10 月 26 日至 1969 年 2 月 18 日。其後的一年是空白的。一篇也沒寫。直到 1970 年，才有 2 月 16 日至 10 月 17 日斷斷續續記下的數十行流水賬式記錄，每日不過一行字。有時只寥寥數字，例如：「2.24 雪下午掏糞」、「3.21 晨飛雪片」、「4.19 寫思想匯報，給與信」，等等；有時甚至只得一字，例如：「3.2 雪」、「3.24 暖」。

從前面所述查良錚那兩年的經歷可知，書寫那 26 篇日記的 10 月至 2 月，正是清理階級隊伍運動中他被困牛棚的險惡時期，不少逃過了文革初期虐打虐殺風暴的「漏網之魚」，都沒能逃過那一鬼門關。所以寫於這一階段的前 26 篇日記，是名副其實的「牛鬼蛇神」日記，僅僅抄錄

「語錄」和作唯諾小兒語已不能過關，還得對照「語錄」作〈牛鬼蛇神歌〉[3]式的思想檢查，自數其罪，自唾其面。因其完全是高壓管制下的產物，無絲毫真實性可言。僅有一用，即讓我們從中一窺那部「思想改造」機器之陰險毒辣。例如：

「1968年11月24日：小組會上曾有人發言問：如何才是深刻認罪？是否就是低了頭，嘴上說認罪，就算認了罪？我今天想，絕不如此，深刻認罪，雖然表現在行動上是必要的，但應不僅表現在行動上，認罪必須扎根在思想上，這是根本的……而要從思想上認罪，就必須在自己頭腦中樹立主席思想，用這面照妖鏡照出自己的反動本質。」

26篇日記充斥着這樣「靈魂深處鬧革命」的荒唐語，想想看，一個人在失去自由棍棒當頭的境況中，被迫日日書寫這樣的交代材料和思想檢查，儘管並非出自真心，可是日復一日、月復一月、年復一年地重複這樣的違心之言，會發生甚麼事情？

奧地利作家茨威格《象棋的故事》寫了一位知識分子在希特勒政權中的恐怖遭遇，震撼了全世界的讀者。我讀了卻覺得不過爾爾，對於經歷過中國無產階級專政腥風血雨的我們來說，小菜一碟乃耳。法西斯只是把他單獨囚禁，並未以身體暴力語言暴力壓逼他天天寫思想檢查，所以他仍然得以保住「心中的一片淨土」，甚至日夜在囚室裏看棋譜下象棋也沒被獄卒發現，這說明他不僅擁有心靈的部分自由，周遭也沒有無數雙雪亮的眼睛盯着。更不必說，他們的心靈還有根深蒂固的宗教信仰和精神文明傳統支撐。可是在我們這樣一個宗教信仰缺失、而古老文明又遭到徹底摧毀的國度，那顆依然跳動的心，要到何處安放？

這樣一想，我也就可以理解這位學富五車、道德高潔、一度以追求民主自由為己任的知識分子為何會寫出以下這樣的文字了：

1969 年 1 月 1 日：「西方資產階級需要買辦和

熟悉西方習慣的奴才，不得不允許中國這一類國家開辦學校和派遣留學生，……這樣，西方資產階級就在東方造就了兩類人；一類是少數人，這就是為帝國主義服務的奴才；一類是多數人，這就是反抗地主階級的工人階級，農民階級、城市小資產階級、民族資產階級和從這些階級出身的知識分子。」

「自己的歷史問題——作蔣匪軍的英文翻譯，由上面文中可以分析，自己是屬於洋奴一類。在思想上，自己屬於『民主個人主義』的唯心史觀。應從這裏狠挖自己的反動思想。雖然對美國在美國的三年多足以教育自己，對它早已丟掉了任何幻想，但其他『民主個人主義』思想是可以挖一挖的。」

前段話是照抄《毛主席語錄》，後段話是對照《毛主席語錄》批挖自己的「罪行」。而所謂的罪行其實是抗日英雄的光榮歷史。查良錚在抗日戰爭的 1942 年 2 月參加國民黨遠征軍，任杜律明將軍翻譯，跟隨部隊出征緬甸抗日戰場。親歷了悲壯卓絕的滇緬戰役及其後的大撤退，在震驚中外的野人山戰役中，他歷盡艱險，九死一生撤至印度，是那一戰役的少數倖存者之一。他曾在三年後的 1945 年，寫出了那首祭野人山抗日死難英雄的長詩〈森林之歌〉，被譽為中國現代詩歌史上史詩式代表作。但在這篇日記裏，光榮史變成反革命史，抗日部隊變成「蔣匪軍」，抗日英雄變成「洋奴」，這種跟着官方話語體系顛倒黑白的無奈之中，就未必沒有幾分心理崩潰的馴服了。

可他畢竟是查良錚，那顆與世界偉大詩人們交流過的心靈，雖然慘遭踩躪，仍然在悸動。懸在他頭上的那把達摩克利斯之劍一旦稍稍拉開，最危險的時刻一旦過去，他便停止了這種戕害心靈的書寫。那年 12 月底，兩派革命群眾忙於武鬥，對牛鬼蛇神的看管稍稍鬆懈，體現在這本日記裏，便是其中有了「今日，由於自己請求，管理組允許我回家看望孩子」之類的記敘。此後從

1969年1月1日到2月8日的五篇日記，他便都是照抄「語錄」了事。

到了1969年9月，中蘇邊境之戰發生。中央軍委下達「備戰疏散」的一號通令。南開大學的「牛鬼蛇神」及其家屬一律下放到河北保定地區完縣「接受貧下中農再教育」，查良錚被隔離到了一個公社，已被放出牛棚的周與良和四個子女卻被送到另一個公社。查的身份雖仍在「牛鬼」之列，但管制比在「教學樓」相對寬鬆些了。

於是他連照抄「語錄」的日記也不再寫。直至1970年2月16日開始，他才又恢復了日記寫作，不過形式與內容都變了。從此直到當年10月17日被轉送到津郊大蘇莊勞改農場的八個月裏，他以流水賬形式簡略記錄日常生活。記錄的內容包括：天氣、勞動形式（「掏糞」、「戰沙灘」、「餵豬」等等）、所參加的鬥批改活動(「開完縣批現反大會」、「交思想檢查」、「昨晚挨批」等等)。不再抄「語錄」，也無一句主觀述評，最多以一短句記錄自己所寫的思想檢查內容：「11 日寫思想匯報，對運動的看法和自己極左的影響。」

值得在此一提的這本日記後面的那篇附記。

1970 年 10 月 17 日，他由完縣幹校轉而下放津郊大蘇莊插隊落戶。6 月 11 日，他被允許離開幹校回家，等待分配指令。臨行那天，管制者還不放棄唸緊箍咒的最後機會，那日他記的是：「上午提意見給我，下午搬行李回家。」那篇附記便是這一行日記的補充。記錄了領導和群眾給他「提意見」之內容。為分析方便，且將全文抄錄如下：

6・11 日

1. 要自覺革命，更主動，內因為主。下去以後怎麼作。不怕苦，不怕死。
2. 多為大家服務作工作。能老老實實勞動。應注意：主要問題是不暴露思想。爭取幫助差。學習主席著作差，不夠認真。不夠積極，爭取貧下中農教育。要主動。(陳)

3. 下去以後，堅持勞動改造，能踏踏實實。有知識分子舊習氣，應多接觸些人，應有信心能改造好。多請教貧下中農。
4. 主要精神面貌，後半生，過去壓得太沉，是不利的。不要有勞動懲罰論。
5. 有看法要說出來，好好學習主席著作，改造世界觀。
6. 在圖書館對改造抓得不緊，通過勞動改造世界觀不夠。注意兩點：一、低頭認罪。二、抬頭幹革命。（在認罪基礎上）不要光低頭勞動，作好事是沒有限制的。
7. 比在圖書館時好些。應有好的精神面貌，死氣沉沉。要全心全意，接受勞改和教育。不要敷衍了事。沒有放下架子。
8. 要很好地認識歷史問題，走歷史必由之路，正確認識黨的政策。竹筒。
9. 提高對勞動改造思想的認識……在農村，改造的條件更好，用主席思想改造自己思想不夠，頭腦裏要展開鬥爭，兩者不聯繫，仍是懲罰論，不能看成懲罰。缺乏積極因素。

10. 怎樣認識落戶行動。一、勉強下去仍是低頭被動。或二、是毛主席和黨給自己指出光明方向，積極改造。改造舊思想同時，要抬頭幹革命，積極的態度。
11. 比較老實，比較認真勞動，還不夠。端正態度明確目的。

這篇補記中值得注意的有以下幾點：

1. 頗多重複之處，如三次提到學毛著態度、兩次提到要多請教貧下中農、兩次提到要老老實實勞動，兩次提到不能有勞動懲罰論想法云云，有時甚至連文字都一式一樣，如「抬頭幹革命」字樣出現過兩次。
2. 有些前言不搭後語之處和莫名其妙的語句，如「應有好的精神面目，死氣沉沉」、「竹筒」等等。

3. 第二條記錄特地標記出發言者：（陳）

從以上幾點我們可以看到，此篇附記應是那次會議之實錄，照記大家發言而已。所以語言和思想都不是他自己的。那位陳姓發言者大概是領導，這從其發言口氣和內容可以看出來。口氣有總結和指示的意味，而其內容大致給後來的發言者定了調。後面幾條發言大致是其內容的重複和引伸而已。與批鬥會動輒「打倒」、「砸爛」、「批倒批臭」相比，這些意見顯然溫和得多了。

然而即便是從這些在比較寬鬆的環境中提出來的比較溫和的意見裏，我們仍然能感覺到那架思想改造機器的強大威力，概言之，無非是格式化了的兩條：除了毛思想不能有其他思想，除了低頭認罪脫胎換骨不會有其他出路。

不過令我迷惑的是，為何在這本日記後面特地加上這篇補記，還特地把領導的發言標出來呢？

我想，只有兩種可能，一是記下來秋後算賬，二是記下來作為今後自我改造的對照。

第一種顯然不可能。前幾年最嚴酷的年代中，強加於他頭上那麼多頂可怕的帽子那麼多不堪入耳的辱罵污衊之詞，他都不僅不記，甚至從來不提，還安慰家人說紅衛兵對他「沒有過火行為」，現在這些難友在「幫助」他「自覺革命」之旗號下提出的「意見」，與那些攻擊辱罵相比簡直和風細雨，怎可能反而記仇？

那麼只可能是第二種，出於要加強自我改造的心理，記下來作為今後自我改造的指標和方向。

可是出於一種甚麼心理，才使得這位文豪級知識分子不但看不出這些意見之無稽無理幼稚可笑，而且不說是全心全意、至少半心半意地接受並將之記錄留存呢？

第三本日記：

1970 年 10 月 17 日至 1972 年 11 月 10 日

這本日記共十六頁，幾乎不間斷地記錄了他那兩年的勞改農場生活，因而是四本日記中記事最詳盡的一本。

雖然是勞改農場，仍然得跟一大班人擠在一個大房間作息，比起時刻有人在身邊監管喝罵的牛棚，環境畢竟較為寬鬆，所以他的日記沒有了那種作唯諾小兒語的記錄，只以客觀口氣記錄日常生活，因而相對前面那兩本日記，是真實度最高的一本 。

前面我們已經看到，從 1966 年到 1970 年，在長達四年的時間裏，這位詩人、翻譯家、大學教授日夜生活在生命財產毫無保障的恐怖中，在全國一片紅，鋪天蓋地皆響徹、充滿、灌輸着一種思想一種聲音的大環境中，即便如查良錚這樣家學淵源、在中國一流大學接受過西方民主自由思想教育、又在美國一流大學留學三年的文化精英也崩潰了，終至患上失語症。從 1968 年到 1972 年的四年，是他勤奮筆耕的一生中，唯一完全沒有寫作的時期。除了寫思想檢查和交代材料，他不能也不敢寫其他文字。在《唐璜》手稿封頁上記有的這段話：「1972 年 8 月 7 日起三次修改，距初譯約 11 年矣。」證實了他那被迫失語的四年慘痛處境。

所以這本寫於相對寬鬆時期的日記，雖然只有記述沒有描敍，然而相對前面那兩本充斥着牛鬼蛇神式語言的日記，總算閃露出點滴個性色彩，可說是這位文學家那些年間唯一的作品。從紀實寫作的層面來看，有理由把它看作其文稿的組成部分。因為這些毫無修飾的文字本身就是一種修飾，從那刻意節制的字裏行間透露出的驚心動魄史實，讓我們看到一位知識精英在那一年代的生活實錄。

當然，比之楊絳《幹校六記》之類的文革紀實寫作，查良錚這本日記的文學價值低得多，這位以舞文弄墨為樂事的語言大師，在他這本日記裏卻沒有使用任何修辭手段，通篇無一形容詞、語氣詞、定語、狀語，甚至無一帶感情色彩的語助詞，就連「但是」、「雖然」、「任何」、「就」、「更」之類的連接詞都找不到。我訝異地看到，這位感情充沛的詩人在這裏變成了一個面無表情的機器人，情感表露節制到這種程度，即便小說《紅岩》中的假瘋子華子良也得瞠乎其後。沒有任何事情能夠讓他流露感情，反革命帽子被摘除，應當欣喜若狂，卻只有七個字：「10.25 連部說我已摘帽」；果不期然，這一傳聞一年之後才得以落實，但也只得無欲無感的一行字「9.21 上午通知我，人民內部了。」[4]

批鬥別人：「晚批鬥原」

自己被批：「晚作檢查」

批鬥會上昏倒了：「上午批會（昏）」。

親人死了：「四伯母已故」

1971 年 12 月 30 日，他終於從友人信中得知老友巫寧坤與蕭珊的消息，也只七個字：「知寧坤、蕭珊近況」。值得注意的是，第二天，31 日，他即給蕭珊寫信，四個字：「晚給蕭信」。「蕭珊」化作了「蕭」。

那貫穿了他整個勞改時期的支氣管炎，也只是時不時的三兩個字：「咳嗽」、「大咳」、「嗓疼」。

整本日記中唯一讓我感覺到一點情感色彩的只有一行字：「4.30 別人休息，我們勞動。」

是甚麼讓這位感情激越豐富的詩人，變成了這樣一個無喜無樂、無怨無悲、無情無緒的人呢？答案明擺着：恐懼。

我那時還是個二十歲上下的青年，家庭出身雖不好，總算還在「人民內部」，卻也從周遭文字罹禍的血的教訓中學會了慎言謹行。從小就愛塗塗寫寫的我，不管寫了甚麼都小心藏起，一有風吹草動就趕緊銷毀。其實那些文字根本沒有反黨反社會主義言論，反而時有革命青年的痴言傻話。但在就連國家主席的大作都可以被分析成含沙射影的惡毒攻擊、就連革命作家的革命小說都全部被打成反革命毒草的環境中，還有甚麼文字是安全的呢？

所以說查良錚這本日記與《幹校六記》、《牛棚雜憶》、甚至《夾邊溝紀事》之類的作品都不具可比性，因其寫作年代和寫作背景，還因為那被簡化到那樣筋骨畢露程度的文字所裸呈的悽惶。我讀着它們，就像讀着那個寸草無生的恐怖世紀。我看見他，那位年過半百兩鬢蒼蒼的詩人，每日拖着病體，咳嗽着，喘息着，在「刈草」、「平地」、「挖溝」、「放羊」「全日勞」的日子裏掙扎求存，到了晚上，還得參加「講用」、「大會批黑電台」、「聽七・一社論」、「看《紅燈記》」之類的洗腦活動。刮着八級颱風也得白天「培梗」「晚批丁」，只有星期天可以休息，但也時常被一些「堆草」、「耪地」、「補種子」之類的勞作和「學習」、「全日與同學講用」之類的活動侵吞。然而即便是「咳嗽劇烈」、「汗如雨」、「晚十二點半睡」[5]，這名囚徒仍是拿出個小本子，坐在自己那棺材大小的鋪位上，以膝為桌，記下這一行行奄奄一息的文字。這種記錄本身即是一種寓意深長的行為藝術。

我還注意到，這本日記中缺失的日期，全都是他回家休假的日子。按理說，休假的日子和親友相處，活動內容肯定比在勞改農場豐富，但他都略去不記。只是日復一日、月復一月、年復一年，記下五七幹校那些大同小異的上午、下午和晚上，七百多個日日夜夜，讓我們看到，一顆天才詩人的心，如何在沉重的體力勞動和無微不至的專制下窒息、麻木、休克。

可是令我最為震驚還不是這些，不，閱讀的高潮還沒有來到。畢竟，我們已經讀過了許多傷痕文學，就連《夾邊溝紀事》、《九死一生：我的右派歷程》這樣紀實恐怖年代的嘔心瀝血之作也讀過了。而且我自己就曾親歷了那一場場把一代知識精英摧殘滅絕的邪惡運動。所以查良錚日記雖然令我心慟，卻不會令我震驚。令我震驚的是他的第四本日記，以及他的與那本日記記錄有關的一段話。

第四本日記：

1973年2月16日至1977年2月13日

1972年6月21日，查良錚終於得以結束為時四年的勞改生活，被允許回到南開大學圖書館。作些圖書整理、搬書的雜務，每日八小時上班之外，還要提早半小時到位以便「自願打掃廁所」。他與兒子查明傳棲身於學生宿舍樓一個房間，房間雖小得除了一張床只放得下一張小課桌，但總算有了可以獨處的一塊空間。於是一個多月後，他便找出抄家中倖存的《唐璜》手稿，開始修改。

譯改佔去了他全部業餘時間，我想這大概是他這本歷時五年的日記是四本日記中最短的原因之一，最多的一年他也只記了十二天，最少的一年，1977年，只記了一天。三天之後他便因心臟病猝發而去世。

所以第四本日記中所記諸事，都是他認為最重要的事：生老病死、送往迎來、地震、四人幫覆滅、譯稿《唐璜》出版有望，以及他自己的跌傷——這也是他盛年早夭的原因之一。

1973 年的一件重要事是與回國來訪的美國老友王憲鍾夫婦相見，篇幅最長。1975 年除了買到了手錶、縫紉機這兩件大事外，還有兩件大事，那便是與自美國來訪的老友鄒讜夫婦、以及妻兄周杲良相見。其實周杲良 1972 年 11 月已來看望過他們一次，那次看望還為他們家帶來一項連鎖效應，他們因此得以搬回東村 70 號房子，住房條件終於得到改善。因為眾所周知的原因，他在日記中對這件喜事只記了一行：「到東村 70 號刷漿，大前日分給我們此房。（11 月 2 日）」那正是得知周杲良即將到訪的日期。

可是，當子女在這一系列來訪中，在父親與美籍老友今日處境天上地下的可悲對照中，向父親發出疑問：當年為甚麼要從美國回來？這位父親是這樣回答的：「我不回來，能有這麼多的作品嗎？我不回來，難道就作一個人家國家的二等公民嗎？……人不能像動物一樣的活着。中國再窮，也是自己的國家。」

這話如果是從現今那些「不知文革無論歷次運動」的販夫走卒、憤青五毛之口吐出，我不奇怪；可這話是從那位回國便被打入另冊、連末等公民也當不成、當了二十年非人的階級敵人、其中六年還是動物不如的「牛鬼蛇神」身份、眼下剛從長達四年的勞改中給放回來、但仍是待罪之身、早已不能寫詩著文、有六年之久連譯筆也被迫停下、才剛開始偷偷譯改舊著、而譯改出來的舊著到他死後才終於出版的文學家口中吐出，我震驚了。我無語。

難道真有斯德哥爾摩綜合症這回事？

難道文革的話語體系竟滲透到查良錚這等人物的骨髓血液裏去了？或只是恐怖年月的餘悸未消？餘毒尚存？

我不知道，我想知道。

1 亞歷山大·蒲柏（Alexander Pope，1688 年 5 月 21 日—1744 年 5 月 30 日）是十八世紀英國最偉大的詩人之一。

2 「三忠於」、「四無限」是在文革期間中國內地的政治術語，強調對毛澤東的個人崇拜和對其思想的忠誠。三忠於：忠於毛主席、忠於毛澤東思想、忠於毛主席的無產階級革命路線；四無限：對毛主席、毛澤東思想和毛主席革命路線的無限崇拜、無限熱愛、無限信仰、無限忠誠。

3 〈牛鬼蛇神歌〉：文革初期一北京紅衛兵所作專讓被打成牛鬼蛇神者唱的歌，以狼哭鬼嚎聲調重複「我是牛鬼蛇神，我有罪」這一句子，乃精神摧殘之極致。

4 那年代如從「敵我矛盾」改為「人民內部矛盾」，即表示已經得到寬大處理，從「階級敵人」轉到「人民隊伍」裏來了。

5 本段所有帶引號的詞語皆從查良錚日記的原文照引。

作者簡介

王璞，生於香港，長於內地。上海華東師大文學博士。一九八零年開始寫作。一九八九年定居香港。先後作過報社編輯和大學教師。二零零五年辭去大學教職，專事寫作。主要作品有小說：《女人的故事》、《貓部落》、《送父親回故鄉》、《我爸爸是好人》，散文集：《整理抽屜》、《別人的窗口》、《圖書館怪獸》、《小屋大夢》，長篇傳記：《項美麗在上海》，文學評論：《一個孤獨的講故事人——徐訏小說研究》、《散文十二講》、《怎樣寫小說》。小說曾多次獲獎。

香港藝術發展局全力支持藝術表達自由，
本計劃內容並不反映本局意見